竜馬ときらり

松宮 宏

はじめに

街を研究する活動で、学生たちと大阪生野界隈を散歩していたとき、生野病院に行き当たった。区役所のひとが説明した。

「ここはかつて新世界新聞社でした。司馬遼太郎さんがキャリアをスタートさせた場所です」

僕や同行の先生は、

「おお！」

と目を輝かせたりしたが、学生たち二十人の誰ひとり、作家司馬遼太郎を知らなかった。

えー、ほんとか？

エラいことだ。

文化の喪失ではないか。

司馬遼太郎の本で人生を教えられたひとは多い。若い世代にとっても損なことだ。

ちょうどその頃、僕はこの物語「竜馬ときらり」を書きはじめていた。

神戸三宮の百五十年間を題材にしたもので、史実と創作を行きつ戻りつしながら進めている。

主人公は現代に生きる若い女性、新谷《しんたに》きらり。彼女は幕末に存在した「神戸海軍操練所《そうれんしょ》」があった「生田の磯」へタイムトリップをする。

そしてそこに、物語のもうひとりの主人公である坂本竜馬が登場する。

坂本竜馬の生涯は大きく三つに分けられる。
最初は土佐から江戸へ出た千葉道場での修業時代、
最後は京都における幕末の風雲。
その中間時期にあたるのが、神戸海軍操練所の頃だ。

司馬遼太郎作『竜馬がゆく』に、竜馬の神戸時代が出てくる。

坂本竜馬は歴史の奇跡と称される人物だが、司馬さんの「青年」竜馬を見る目はとても優しい。


女優で随筆家でもあった高峰秀子はそのあたりを、こんなふうに書いている。

「動物好きの人が、野良犬や捨て猫の前にしゃがみ込んで『ホラ、こいこい、おいで』と手をさしのべているときの、こよなく優しく柔らかいまなざしを、誰でも見たことがあると思う。野良犬や捨て猫は一瞬、身を低くして警戒の姿勢をとるが、やがて優しい眼の色にひかれてソロリ、ジワジワとにじり寄る。『お、きたか』とひとこえ、すくいあげるように抱き上げて膝に乗せ、『寒くはないか?』『ハラがへってるんじゃないか?』と、ゆっくりと背中を撫でてやる……。司馬先生は、犬や猫のみならず、どんな人間にでも常にこの眼で向き合った」

（『にんげん蚤の市　菜の花』新潮文庫　一九九七年）

神戸は大きな震災に遭った。街の復興はゆっくりにしか進まないが、二十八年たった令和のいま、三宮の開発が本格的にはじまり、神戸は目に見える形でかわりはじめた。

いまこそ神戸の歴史をひもといてみよう。神戸がミナトになった最初の時代に、坂本竜馬がいたことを、書いてみよう。

若い世代にも、司馬作品の素晴らしさを、いまもう一度、伝えることができるのではないか。

人を見る目の優しさに触れる。先人がつくりあげた歴史を知る。

そこから、それぞれの未来を想像してほしい。

そんなことを思っている。

二〇二三年　神戸にて

＊実在したのは坂本「龍馬」が正しいとされている。遺された手紙、文書に表記された名はすべて「龍馬」ということだが、時代小説作家たち、司馬遼太郎、子母沢寛、海音寺潮五郎、早乙女貢、各氏すべて、想像上の登場人物として描くため「竜馬」という文字に変えている。ここではその書き方を引き継いで物語をすすめていく。

竜馬ときらり　目次

はじめに　2
第1章　7
第2章　157
第3章　241
第4章　289
解説　松宮さんの「わがまち神戸」の時空。　江　弘毅　322

第1章

一

――ミナトをつくるなら神戸がよろしいかと存じます

幕末の頃、十四代将軍家茂《いえもち》は進言され、ミナト神戸の歴史がはじまった。

神戸をつくったのは徳川将軍らしい。

「将軍って何でも決めれるんやね。ここに港をつくれとか」

小学四年生の夏、わたしはそんな感想を持った。父は言った。

「そうやな。そのうえ、家茂は十七歳やったで」

「十七歳って、いまやったら高校生とちゃうん」

「殿様は高校に行かんかったと思うけどな」

「いまやったらということやんか。江戸時代に高校ないやろ」

父はわたしの頭をなでた。

「きらりはちゃんと行きや」

「行くし」

わたしは口びるをとがらせながら、父を見上げたらしい。

「せやけど、学校で勉強もせんと、なんでそんなこと決めれたん」

十七歳でそんな大きいことを決めるって、どういうことなのかと思ったのだ。

「家茂が来たころ、神戸はただのさびしい砂浜やったらしいわ」

「そうなん？　ほんならよけいやん。なんで神戸にしたん」

「それは、きらりがじぶんで調べてみたらええ。お父さんの知らんことを、見つけてみ」

父の言葉は、そんなふうに挑発的だったと思う。

十歳のころのうすい記憶だが、わたしはやる気になった。その時の張り切り様は覚えている。わたし、新谷《しんたに》きらりは十歳にして、歴史の沼に両足を突っ込んだのであった。


気になることがあると図書室へ行った。そして、

「子ども向けの本では知れてるわ」

と十歳のくせにエラそうな言《こと》を垂れながら図鑑をめくったりしていた。そんなわたしに、図書室の先生が教えてくれた。

「中央図書館に郷土の資料がいっぱいあるよ。一度、連れて行ってあげよう」

大倉山にある神戸市立中央図書館の地下がそうだった。郷土資料の巨大な倉庫なのだ。学校の図書室の何十倍もの、いや百倍、千倍もの本があった。

小さな女の子が熱心に見ていると、司書さんたちが助けてくれた。なかでも、地下から一度も出たことがないような、度の強い黒縁めがねをかけた司書長の大谷幸恵《ゆきえ》さん（たぶん四十歳くらいだった）がかわいがってくれ、門外不出（ではないけれど）的迫力のある、古い本を出してきてくれたりした。

わたしは研究を続けた。中学生、高校生と進んでも飽きなかった。

そして調べる中、すごいことを発見した。百五十年前、家茂将軍からはじまったミナト神戸の歴史に、わたしの新谷家が関わっている事実だ。

神戸は東西に長く南北が狭い。古代、六甲山系の西端は淡路島だったが、地殻変動で明石あたりが避けて海峡となり、大阪平野へ続く海沿いに細長い斜面と平地が残った。

南北の坂道はどこも急峻で、山手と名のつく町からは海へ滑り落ちるような景色が見える。そしてこの急峻さこそ、神戸が良港となる条件だった。六甲山系を水源とする川は流域面積が小さいので、土砂がたまらず海の水深が保たれる。となりの大阪港は砂州が干潟化したので浅く巨艦が横付けできない。大型の港湾事業が大阪から神戸へ移ったのは、まずは地形の問題である。

神戸市の中心地は三宮だ。市役所があり、フラワーロードが前を走る。神戸まつりのパレードも行進する神戸のメインストリートだが、その道も市役所前から二〇〇メートルほど南下すれば海となる。

その海辺はかつて《生田《いくた》の磯》と呼ばれていた。

その磯に、商人だった網屋吉兵衛《あみやきちべえ》が、兵庫開港の十年前、自費で船蓼場《ふなたでば》（船舶の整備場）を造った。そこへ家茂が勝海舟を伴って巡視にやってきたのだ。

吉兵衛は勝の仲立ちで謁見する機会を得、

「ミナトをつくるなら神戸がよろしいかと存じます」

と進言し、吉兵衛の船蓼場は海軍操練所と、幕府運上所《うんじょうしょ》（のちの税関）の船入場となったのである。

これこそがミナト神戸のはじまりだ。

運上所は明治新政府へも受け継がれ、以後百五十年、国際海運拠点として日本の発展を支えることになった。

《生田の磯》は、いま新港《しんこう》地区と呼ばれている。

海へ櫛形《くしがた》の堤が四本突き出ている。

西から第一突堤、第二突堤で、三井、三菱、住友の倉庫が並んでいる。第三突堤は九州や小豆島へのフェリー乗場、第四突堤は人工島ポートアイランドへつながる神戸大橋となり、大型の外国客船が横付けされる。

と港の機能としては発展したのだが、ここ数十年「新港」と呼ぶにはさびが浮いたような、機能オンリーの港湾となっていた。（とわたしは思う）

わたしも含め、一般市民が新港へ行く用事はあまりない。

ところが令和のいま変革が起こった。地区一帯を《神戸都心ウォーターフロント開発地区》とする未来型の街づくりがはじまったのである。

第一突堤には温泉付きの大型リゾートホテルが開業した。オフィス、ミュージアム、水族館もでき、高層レジデンスの建設もはじまった。

阪神・淡路大震災から四半世紀、神戸は復興に至る過程で、「日常を再建する必要があり、相対的に街の魅力が低下した」という。

わたしは震災を知らないけれど、いま、そんじょそこらで響く槌音に、神戸が本格的に変わろうとしている実感がある。網屋吉兵衛が開いた磯は、神戸の未来を見据えた、職住一体の新しい水辺となるのだ。

そしてこの場所こそ新谷家の、そしてわたし自身の歴史につながっている。

なぜかって？

わたしが新卒で働くことになった会社が、《生田の磯》に本社ビルを建てたからだ。

それより、なによりも、ことし百歳の曾祖母、あやばあちゃんが、網屋吉兵衛のひ孫に嫁いだひとなのだ。


あやばあちゃんは網屋綾子《あみやあやこ》という。旧姓は新谷。わたしの曾祖父の妹で、血縁的にいえばわたしの叔母の一世代前の大叔母の、さらにその一世代前のひとだ。「ひいひい叔母さん」というのが正しいのかもしれない。でも、面倒くさいので、あやばあちゃん、あるいはただ、ばあちゃんと呼ぶようになった。

あやばあちゃんは大正生まれだ。兵庫県立第一高等女学校を卒業した。わたしが通った神戸高校の前身なので、ばあちゃんは大先輩にあたる。

英語を熱心に勉強し、高女卒業後はアメリカ人リチャード・テルシンが明治二年に創業した《テルシン商会》で働いた。オフィスとした旧居留地十二番ビルは「舶来モダン」な環境だったという。

その頃の神戸は、日本でいちばん西洋文化を伝える街だったのだ。地元びいきでもなく、じっさいさまざまな「神戸発祥」がある。六甲山のゴルフ場、布引山のハイキング、牛食文化の象徴であるすき焼き、神戸水を使ったサイダー、マラソン、パーマ、喫茶店、マッチ、活動写真。

そしてテルシン商会が関わった神戸発祥ものは洋食だった。テルシン商会は玉ねぎをはじめとする西洋野菜の生産を日本ではじめて実業化し、レストランの厨房へ届けた会社だったという。

あやばあちゃんがオフィス・レディだったのは昭和の初期だ。日本全国、大正時代の自由を謳歌する気分が漂うなか、外国と日常的にふれ合う神戸はモダン最先端地区だった。そこで働いたあやばあちゃんの昔話は、どきどきするほど面白い。小学生のわたしを昔ではなく、未来へ連れて行ってくれた。

もっと知りたい。あやばあちゃんの経験した以外のことも、もっと知りたい。

気になることがあるたび司書の幸恵さんを訪ねた。希望を伝えると、めがねの縁を蛍光灯に光らせる。どの資料がどこにあるかぜんぶわかっている。すばやく、そして、どっさりと資料を出してくれる。わたしは彼女を沼に引き摺りこんだのだ。（彼女はもとから沼に住む人

なのかもしれないけれど）

　中学生、高校生、大学生になっても通い続けた。エピソードや愉快な話さえ見つけた。発見するたび、あやばあちゃんに教えた。すると輪をかけたようなツッコミが返ってきたりする。ひとつの事実が新たな記憶を呼び起こす。それがまた新しい知識になる。

　生き証人、網屋綾子。

　幸恵さんは言う。

「あやおばあさんってすごいねえ。おかげできらりちゃんも、いまやいっぱしの研究者」

「研究者なんて。沼ですよ、沼」

「沼ね……フフ」


　わたしの研究＝沼は、こんな感じである。

　テルシン商会は食品商事会社だったが、そもそもは、造船業と鉄鋼業を興したイギリス人、E・C・キルビー商会の一事業としてはじまった。キルビーは神戸に重工業を根付かせた功労者（彼自身は後に失敗する）として有名なひとだが、日本に洋食を広めるきっかけを作った人物でもあった。

　当時の日本に牛肉の食文化はなかった。だから牧場も肉屋もない。外国人たちは困った。

彼らは時の知事、伊藤博文に、

「なんとかしてくれ」

と泣きついた。これこそ、神戸から洋食が広まった最初の一歩だ。

伊藤はイギリスへの留学経験があったので、外国人の陳情を切実なものとして受け止めた。それで近隣の宇治野村に飼われている牛の屠牛を頼みこんだ。とりあえずなんとかしてみた、というところだったけれど、外国人たちはいたく満足した。それもあって需要はさらにふくらんだ。宇治野村一村の牛肉だけではまるで足りなくなった。困った伊藤はキルビーに相談を持ち込んだ。

「知事権限でいろいろ許可するから、君たちでなんとかせい」

キルビーは鉄工所と造船所で忙しかったけれど、自分も肉は食べたい。同郷人たちからも懇願される。それでアメリカ人や中国人らの仲間を集め、海岸通にあった柴六酒蔵の倉を借り屠牛をはじめたのだ。これも、まずはうまくいった。ところが、

「こんな人通りのあるところで牛を殺すなんて、とんでもない」

周辺住民の反対で廃止に追い込まれた。

しかし外国人は増えつづける。牛肉の需要も増えるばかり。

一念発起したのがキルビー商会で働いていたリチャード・テルシンだった。キルビーが造っ

た小野浜造船所前の土地で牛を飼い、牛肉の生産をはじめた。

供給の目処が立ちはじめるとレストランもできた。日本で初めてすき焼きを出した「鉄屋」、船乗りに人気の「月下亭」、栄町には「開化亭」という牛鍋を売りにする料理屋。

精肉は儲かる商売と認識されると、日本人も起業した。今も残る神戸の老舗精肉店「大井肉店」「森谷商店」はともにこの時期の創業である。振り返ればこの一連の動きこそ、世界に名だたる「神戸ビーフ」の黎明だった。

洋食レストランが増えると別の課題が浮かんできた。西洋野菜がない。

伊藤博文はまた泣きつかれた。伊藤は西洋料理屋「外国亭」の近所に寓居しており、オーナーとも懇意だった。

「とくにタマネギです。なんとかなりませんか」

「タマネギだって?」

「タマネギがないと、なんともなりませんのです」

「なんとも、ってたって」

「デミグラスソースを作りたいのですよ」

「デミグラス?　ローストビーフにかける、あれか」

伊藤はロンドン留学中、まさに、デミグラスソースをかけたローストビーフを食べたことがあった。しかしこの頃の日本人には《デミグラス》など、どこぞの呪文、玉ねぎすら未知の野菜だった。外国人たちは船が着いたときに個人が持ち込む玉ねぎを分け合い、家庭で調理することしかできなかった。

洋食が基本とするもののなか、とくに欠かすことができないもの、それはスープと、デミグラスソースだ。それらを作る材料がない。まずは玉ねぎだったが、当時の日本で玉ねぎは栽培されていなかった。

日本に玉ねぎが広がったルートはふたつある。ひとつは「少年よ大志を抱け」のクラーク博士がいた札幌農学校、もうひとつは、大阪の農業勧業委員、坂口平三郎だ。平三郎は神戸の「外国亭」で玉ねぎをはじめて食べた。

「ビーフステーキに添えられていた野菜が、さっと炒めて塩・コショウしてある、ほのかな甘みがあるがクセはない。牛肉によく合うこの白い野菜は何なのだろうと一瞬考えたが、これこそ探していた玉ねぎに相違ない」

と気づいた。平三郎が店主に訊ねると

「うちも困っています。最初は伊藤閣下にもお願いしました」

「伊藤博文内務卿ですか！　そんなたいそうな」

「たいそうでもありませんよ。あれから十年以上ですが、未だにわずかの量しか手に入らないのですから」

この外国亭でさえ顧客のアメリカ人から個人的に分けてもらいそれを出しているという。平三郎はそれなら自分がと思ったのだ。神戸の外国商館を訪ねまわった。そしてリチャードと出会い、たった三個ながら玉ねぎの種を手に入れたのである。以後玉ねぎは大阪泉州の特産となり、栽培技術は泉州の対岸、淡路島へも引き継がれた。

テルシン商会は岸和田から帆船で輸送される玉ねぎを、元町の堺屋和助商店と共に買い上げ流通させた。外国人たちは大喜び。しかし反面、それをきっかけに西洋野菜全般の需要、手に入らないことへの不満はさらにふくらんだ。

オリエンタルホテル支配人兼料理長のフランス人ルイ・ビゴは、フランス船が入港するたび、赤・白の大樽ワインとともに、キノコ類、グリーンピース、果実を調達していたが、それらはぜんぶ缶詰だった。当時の日本でサラダを食べる習慣がなかったからだ。居留民から生野菜の要求は根強い。そこでビゴはオリエンタルホテル社長のグルーム、そしてリチャードと灘の大石村に菜園を開いたのである。ジャガイモ、かぶ、にんじん、レタス、セロリ、カリフラワーなど、ヨーロッパからとり寄せた種から試作した。リチャードは菜園を北野へも広げ、野菜を商用生産することに成功し、さらには養豚と養鶏も行った。

そんなこんなのテルシン商会である。明治、大正、昭和、神戸の食品ブローカーとして商売を続け、洋食文化を、日本全体へ広げる功労者となった……云々、わたしの神戸歴史沼のお話。


あやばあちゃんは、昭和十五年に高等女学校を卒業し、そんなテルシン商会で働いた。

当時の社長は創業者の孫、トーマス・テルシン。三代目さんだったという。そんな「舶来モダンなオフィス」で、十八歳の綾子は英語を話しタイプを打った。細身で、色白で、切れ長の目で、日本人離れした高くてツンとした鼻は「デートリッヒのよう」と羨望の的、スーツ姿で自転車に乗る姿には見物客も出たらしい。

旧居留地のモダンガール、新谷綾子。

その後、太平洋戦争がはじまり、外資のテルシン商会は解散することになった。

しかしそんな会社で働いていたおかげか縁組みがあった。

それが神戸の旧家、網屋家だったのだ。

「私を見そめたらしいわ。英語で求婚してきた」

「英語で！　なんて言うてきたん」

「オー・マイ・ダーリン」

わたしは思わず吹き出した。

「笑うとこちゃうやろ」

ともかく、新谷綾子は網屋家に嫁入りした。

そして綾子の伴侶の三世代前、江戸後期の当主が網屋吉兵衛である。

二

「網屋吉兵衛は天明五年（一七八五）二つ茶屋村城下町に生まれた。いまの元町通四丁目あたりで、吉兵衛の父大吉は船頭をしとった。十一歳の時、兵庫三軒屋町の荒物商豊後屋の丁稚になったが、兵庫の港に船蓼場がない、というんが気になって仕方《しゃあ》なかったらしい」

「ふなたでばって?」

「ふなたでというのは、木船を食い散らす虫を退治することやが、兵庫の船も虫の退治は讃岐の多度津でやっとった。わざわざ四国まで行かんならん。ところが、多度津は海が荒れて、できあがるのに半月待つこともあった」

「でも、なんで吉兵衛さんが？　荒物屋やろ」

「船が好きやったんや。父親が虫で困ってるのも知っとった。しかし奉公をやめることはできん。それで吉兵衛は丁稚仕事の合間に、浜で潮の満ち引きを調べることにした。そしたら、兵庫は多度津より干満差がはるかに小さいことがわかった。この場所こそ船蓼場にふさわしい。図面を描いて役所へ行った」

「役所へ？　荒物屋の丁稚《でっち》やん」

「まるで相手にしてもらえんかった。丁稚を相手にする役人はおらん」

「でも、吉兵衛さんはミナト神戸の歴史を作ったんやろ？」

「そうや。転機を待った。待ちに待った。よくぞ待った」

「何年待ったん」

「えーと、何年かいな。きらりがそろばんしてくれ。吉兵衛七十二歳のときや」

十一歳から七十二歳。なんと、六十一年！

船頭だった父の言葉を遠く思い起こしながら、ついに吉兵衛は役所へ「設置願書」を出した。願書は江戸へ届き「公儀御用船据付場設立願」は受け入れられた。

わたしは感動したのだった。

「あやばあちゃんは、そんな網屋家にお嫁入りしたんやね」

こんなことを記した資料は図書館にもないだろう。網屋家に嫁したひとだからこそ知っている話。幸恵さんに教えてあげなきゃ。

あやばあちゃんは、さらに、吉兵衛の夢を大きく広げた人のことも語った。

わたしの大好き分野だ。

「勝海舟やろ。吉兵衛さんを将軍家茂に謁見させてくれた偉い人」

寒村でしかなかった神戸村が「必ず発展する」と目を付け、神戸が発展するきっかけを作った大物、それは勝海舟なのだ。勝は家茂と大阪湾の巡視を行いながら国防の重要性を説いた。吉兵衛も謁見させた。

——ミナトをつくるなら神戸がよろしいかと存じます

家茂は港建造の裁可を下した。

勝は幕府軍艦奉行として、吉兵衛が開いた場所の一部を借り受け、神戸海軍操練所と人材育成の塾をつくることになった。

「そんなことでな、新谷家は勝翁とも縁がある」

「新谷家？　網屋家のほうやないの？」

「新谷に道太郎《みちたろう》というひとがおってな」

「新谷道太郎？」

「きらりからは、七代前のご先祖になると思うが」

ばあちゃんは言った。

「道太郎は幕臣で、勝海舟の従者をしておった」

ご先祖さんが勝海舟の従者？　ほんまかいな。

「吉兵衛さんともやりとりしていたらしい。私が網屋家へ嫁入りしたのも、その縁からはじまったのかもしれんな」

「デートリッヒの鼻をみそめられたんやろ」

「てんご言いな」

ばあちゃんは続けた。

「道太郎の仕事は、いまなら公務員やろ。港湾担当課長とか。操練所ができたあとも江戸へ戻らんと事務方で残った。ついでに海軍塾の塾生にもなった」

「ついでにって、え、ちょっと待って。塾生って」

わたしはつばを飲みこみ、気を入れ直した。

「ということは、わたしのご先祖の新谷道太郎は、坂本竜馬に船を習ったんか」

「坂本竜馬？」

「神戸海軍塾の塾頭は坂本竜馬よ」

ばあちゃんはあっさり言った。

「そうやったかの」

わたしの歴史沼。いちばん広い面積は剣士剣豪の沼。

そして誰より、いちばん好きなのが坂本竜馬なのである。

ゲームやアニメに出てくるイケメンキャラの竜馬じゃない。幕末に生きた本物の坂本竜馬こそすばらしい。

長崎の写真館で撮ったというポートレイト（雑誌の切り抜き）を部屋に飾っていた。

遠くを見つめる細い目。でも百年先の世界を見ていたその目。

――世の人は　我を何とも言わば言え　我が成す事は　我のみぞ知る
「坂本竜馬はね、青春をたくましく、しなやかに駆け抜けたの。思想を支えたのは北辰一刀《ほくしんいっとう》流《りゅう》剣士の肉体とこころ」

「きらりはよう知っとおな」

伝説かもしれない。でも、なんて愛すべき伝説であることか。

そしてそんな伝説が突然、新谷家の歴史と絡んできた。

わたし、あやばあちゃん、網屋吉兵衛、新谷道太郎、勝海舟、坂本竜馬、海軍操練所、生田の磯。

えらいこっちゃ。

興奮せずにおられようか。

夕飯の時、父に話した。父は興奮するでもなかった。

「へえ、そうなんや」

なんじゃそれ。へえ、やない。


十代前半のころ、いちばん多く、あやばあちゃんの家へ出かけた。

「あんまり迷惑かけるなよ、お歳なんやから」

父にくぎを刺されたが、もっと話がしたい。なんでもいいから教えてほしい、と訪ねてみれば、あやばあちゃんこそ喜んだ。ひとは歳をとるほど幼児返りするというが、あやばあちゃんはまさにそんな感じ、七十八歳の年齢差はどこへやら、同い年の友だちみたいだった。

そしてある日、あやばあちゃんは不思議な話をしてくれたのだ。

いつもの思い出話とは趣が違った。

「生田の磯には吉兵衛さんの精が居る。夕陽の凪のとき出てくる」

「ん？　出てくるって、なにが？」

「吉兵衛じいさんよ。よろこんで出てくるわ」

なんのこっちゃ。

「昔の神戸を見せてくれる」

「昔の神戸？　吉兵衛さんが出てくる？　どうやって出てくるん？」

あやばあちゃんは目尻のしわを深く深くした。

「夕陽の頃、生田の磯に立ってみ。瀬の白波が戸惑って凪になる。それが合図や」

ほんまかいなと思ったが、それは起こった。

吉兵衛さんの精霊が現れたのかどうか、それは不明ではあったが、わたしは古《いにしえ》の景色を見ることになったのである。

三

坂本竜馬が塾長を務めた神戸海軍操練所は、後の地名でいえば神戸市生田区加納町六十四。臨港鉄道の南側だ。昭和五十五年に生田区と葺合《ふきあい》区が合併して中央区になったので、生田区というのはわたしが生まれた時にはもうなかった。

生田川も、もとの流れはいまのフラワーロードだ。水害を防ぐため、明治四年に東側へ付け替えたのだ。神戸開港とともにできた外国人居留地が川の西側下流域だったこともある。新しくできた土地は、加納町と琴ノ緒《ことのお》町。川の右岸は松林となった。いまそこには、神戸市役所が建っている。

臨港鉄道は幼い記憶にもかすかに残っている。小野浜駅に貨物列車が停まっていた。いま、貨物の駅は須磨のほうへ引っ越した。

六甲山系南側に広がる神戸市中心部は東西に細長い。山麓と下町、ともに都市生活圏だが、南北の道は長いところでも五キロメートル程度、どこも急勾配だ。山手に住めば、異人館通りの洋館から、マンションのベランダから、木造住宅の物干し台から、海へ滑り込む、逆落としのような景色を見ることができる。

山を南へ流れ落ちる川は二十六本あるが、どれも短い。水は源から三時間で海へ達する。こういった、六甲山系が大阪湾に対して直立している地形のせいで、ひとたび大雨が降ると、川はたちまち増水し、鉄砲水となって堤防を破壊するのだ。神戸は太古から水害に悩まされてきた。古くは『日本書紀』にある白雉三年（六五二）の連雨・洪水から、永く昭和の終わりまで、公式記録として一二一回の記録がある。中でも最大の被災は、一日で一年分の雨が降った昭和十三年の阪神大水害だ。すべての河川が荒れ狂い、街には土砂と巨石と倒壊家屋が累々、神戸全市面積の六割、全市民の四分の三が被災したという。谷崎潤一郎の『細雪』にも阪神大水害が登場する。

神戸の歴史は洪水の歴史、とさえいう人もいるほどだ。


そんな海辺で斜面の街だが、神戸という地名は百五十年前の開港まで、ほとんど世に知られなかったという。

三宮を南下した海辺はいま倉庫の群れや、大型客船とフェリーが発着する埠頭になっている。しかし幕末に港ができるまで、そこは《生田の磯》と呼ばれる小さな浜だったのだ。

あやばあちゃんは『竜馬がゆく』という小説は新谷家に縁があると言った。

「え、なんで?」

「神戸海軍塾が登場するあたりに新谷道太郎が出てくる」

「坂本竜馬のことなんか、あんまり知らんふうやったやん」

まあいい。ご先祖さまが登場しているなら確かめないと。

その小説に出会ったのは小学六年生だ。文庫本八巻という長編は人生初の経験だったけれど引き込まれ、最終巻では涙にむせ、これで終わってしまうのかと残念で仕方がなかった。熱い気持ちはわたしに感想文を書かせた。

タイトルは「西郷吉之助と坂本竜馬。鈴虫の話。無私の心が出会うとき」。

十二歳にして謎めいた上に理屈っぽいような、背伸びしまくったタイトルだった。生意気なガキだったと赤面ものだが、その感想文、青少年読書感想文全国コンクールで文部科学大臣賞をとってしまったのである。そんな出会いの本。学校の朝礼でも受賞を褒められた本。そしてわたしを歴史沼どっぷりにさせた本。何度も読み返した。竜馬と三人の女性、土佐藩家老の息女お田鶴さま、千葉道場の娘さなこさん、侍医の娘ながら貧困にあえいでいたおりょうさん、恋のゆく末にもどきどきした。好きな剣戟シーンに限れば十回以上読み返したところもある。伏見の寺田屋で踏み込まれ危機一髪で脱出するシーンとか。でもその場面では、お風呂から裸のまま飛び出し、捕り方を蹴散らせたおりょうさんのほうがいいかも。だって竜馬はそのとき剣を抜かず、短銃で四発撃っただけなんだから。

でも新谷道太郎が登場している？　ぜんぜん気づかなかった。

「なんで早う教えてくれんかったん」

「とうに知っとおと思うとった。おまえ、研究者とちがうんかい」

本を取り出して探してみれば、まさに登場していた。


――「神戸というのは、まったく淋しい漁村だった」

と、昭和十年代まで長生きしたこの新谷道太郎翁は後年、語っている。

（『竜馬がゆく』文春文庫　第四巻　七ページ）


わたしはご先祖さまを調べてみることにした。

新谷道太郎は広島県呉市御手洗《みたらい》の出身だ。忠海町《ただのうみちょう》という海辺の町で昭和十年に発行された『忠海案内』に、以下のことが書いてある。（この冊子は幸恵さんが広島の図書館から取り寄

せてくれた)

—　弘化四年(一八四七年)御手洗大長村新谷慎十郎の長男に生れ、慶応二年(一八六六年)忠海町池田与兵衛の養子となれり。池田種徳(徳太郎)の諭に従い志を立て江戸に上り、山岡鉄舟の門に入り、免許皆伝を受け、帰郷三原城主浅野公に聘せられ、精義隊の剣道指南となりし後、池田種徳と共に京に上り、幕末の志士坂本竜馬、中岡慎太郎、高杉晋作、西郷隆盛、大久保利通等と交わり、又九條家、本願寺等に出入して、日夜王事に奔走し、鳥羽伏見の役には尊王近衛団の大隊長として活躍した、云々……　—

新谷道太郎は、歴史の激動に生きたひとりなのだ。

資料を見せてもらったその日の夕飯時、父にも訊ねた。

「ほんまにうちのご先祖なん?」

「らしいわ」

「らしい?」

ぜったい確かか、と問われれば、あやふやらしい。

「なにが、どのくらい、あやふやなん」

「そのへんはやね」

父は言った。

「いたのは間違いない。せやけど、きらりやお父さんへつながるかといえば確かめられん。系図とか、姻戚関係を記したものは見つかっていない。そもそも何が『あやふや』の原因なのか、親父から聞いたことはある」

「おじいちゃんが？　なんなん、それ」

道太郎は維新から六十年間、山陰の山奥に隠れ住んでいたというのだ。世間から消えた理由は、坂本竜馬の暗殺に関係しているという。

「竜馬の暗殺！　幕末最大の謎やんか」

沼が泡立つ。わたしは迫った。

「どういうことなん？　教えて、教えて」

祖父が見つけ、父に話したという内容も忠海町に残されていた。

ただこれは記録というより、多少物語めいていた。


――倒幕の密議《薩長同盟》が成ったのは慶応三年、安芸（広島）の御手洗島での会合。十三人が出席した。薩摩からは大久保利通、大山格之助（のちに鹿児島県令）、山田市之丞、長州からは桂小五郎（木戸孝允）、大村益次郎（のちの兵部大輔）、山縣有朋（のちの総理大臣）、土佐は坂本竜馬、後藤象二郎、芸州は池田徳太郎（のちの島根県令、青森県令）、加藤嘉一、高橋大義、船越洋之助、星野文平、そして新谷道太郎――


歴史を動かす密議が謀られたのち、竜馬が全員に約束させた。

「この内容は六十年間他言無用じゃきぃに。しゃべれば暗殺の危険が及ぶぜよ」

道太郎は訊ねた。

「なぜ六十年間も待つのですか」

「六十年経ちゃあみな死んでしまう。いかに佐幕派やち、その子孫までが怒りを継いで殺しには来れなあよ」

ところが、そう言った竜馬が会合の八日後に暗殺された。参加した他の志士の多くも維新の争乱に倒れた。大山や山縣などは明治の元勲として生きたが、道太郎は竜馬との約束を守り山奥に隠れたのである。

そして約束通り、六十年後の昭和十年に現れ、当時のことを語った。

「すごいというか、変というか、なんとも言えん話やろ」

六十年後の道太郎さんは、記憶を正しく話したのだろうか。

薩長同盟は御手洗島会議があったその前年に、京都で成ったというのが定説だ。

慶応二年一月二十一日、薩摩は京都の藩家老小松帯刀邸に長州の桂小五郎を迎え、提携六カ条を密約した。

日本史に残る大きな出来事である。桂小五郎と坂本竜馬が交わした書簡「尺牘《せきとく》、龍馬《りょうま》裏書《うらがき》」が宮内庁に残っている。

西郷隆盛と桂小五郎のやりとりなど、小説や芝居に取り上げられるシーンでもある。

慶応三年に広島で薩長同盟？

父は言った。

「遠い記憶なので、あやふやだったのかもしれんね」

わたしは幕末史を頭の中でぐるぐる回転させる。

「道太郎という人は、鳥羽伏見の役に参加したんやろ。そのときは山から出て戦ったんか？」

「さあ、どうやろな」

だいたいご先祖さまは幕府を守ったのか、倒したのか。

「尊王近衛団の大隊長ってあるけど、どっち側の隊長？」

「そりゃ官軍やろ。活躍したらしい。広島には銅像も立っとおからね」

「ご先祖さまの銅像かいな。へえ」

わたしは一度驚いてから、また訊ねた。

「そしたら、鳥羽伏見で勝ったあとで、山奥に隠れたということ？」

「かな」

「六十年も」

「六十年も」

父はおじいちゃんから聞かされた。おじいちゃんはひいおじいちゃんに聞かされ、ひいおじいちゃんはひいひいおじいちゃんに聞かされた話、らしい。あやふやなわが家のファミリー・ヒストリー。

「われわれが道太郎からつながるかは不明のままや。でも、わが家はずっと乙仲《おつなか》をしてきた。それこそが操練所からの縁とちがうかな」

父は貿易商社のサラリーマンだ。おじいちゃん、ひいおじいちゃんも貿易を仕事にしていた。おじいちゃんたち以前の時代は、商社のことを乙仲といったそうだ。

父が言うように、わが家は勝海舟や坂本竜馬からの、海や港にまつわる縁を、令和のいまにも、脈々とつなげているのだ。

歴史のあやふやはあやふやのままでいい。

新谷家の謎も謎のままでいい、ということにしよう。

わたし自身、歴史上の人たちとつながっているのを聞いて、とてもしあわせだったからだ。しあわせな気持ちを胸に生きていこう。そんなんでいい。

ところが、そんなんでいい、どころではなかった。あやばあちゃんはもっと知っていた。ばあちゃんの話はわたしの歴史沼、あるいはしあわせ沼を、またかきまぜることになった。

四

県立神戸高校に入学し、写真部に入った。中学生の時、父の一眼レフを譲ってもらい、撮影が趣味になっていたからだ。

高校生になってからは博物館や古書店を巡り、昔の写真を探すことに興味が尽きなかった。

そんな高校二年生も終わった春休み。わたしは面白い撮り方を見つけた。

古い神戸の写真の、当時の撮影者と同じ位置に立ち、同じアングルで撮る。五十年前とか百年前、百五十年前とか、できるだけ再現してみた写真と並べてみるのだ。

コスプレもした。商家の番頭さんや着物姿の町娘、侍、軍人とか。昔の写真と見比べながら同じ位置に立つ。同じポーズをとってみる。

そうやって撮ったなかの一枚が、感動を呼ぶ傑作（！）になったのである。

それは、百年ほど前に撮られた海辺の写真を見つけたことではじまった。沖を進む帆船が西陽をうけて影を伸ばし、白い波頭が影を乱していた。白黒の静止画でありながら、そこにはわたしの心を揺さぶる色と躍動が込められていた。

海辺は神戸新港第一突堤。のどかだった磯はなくなり、箱のような物流倉庫が並ぶ。景色は激変しているが、昔の撮影者と同じ場所に立ち、ファインダを覗いてみると、背に陽を受けた船影が、古の影と同じに見えたのだ。

わたしは、ひらめいた。

それなら、帆船を待ってみよう。帆船が落とす影を撮ってみよう。日本丸は百年前の姿形を継承している。きっといい写真が撮れる。

調べてみた。すると、数日後に回漕されてくることがわかった。

海技教育機構練習船入港予定

日本丸　国籍　日本

日時　平成二十八年　四月二日（土曜日）　午後五時半
船主　日本国
仕出港　横須賀
錨地　神戸新港第一突堤

昔の写真を指先に持ち、海の景色に合わせてみた。

「どのへんかなあ」

すると、不思議な感覚がわたしを襲った。襲ったというか、沖から柔らかい熱のようなものがやってきた。風でもない。あたたかさだ。そして、わたしと波打ち際の間あたりが、あたたかさにとり囲まれるように、まるく、ぽわん、としたのだ。

光った、というのではなかった。

ぽわん、としたのだ。

わたしはそこへ進んだ。立ち止まり、海へ顔を向けた。

するとそこに、百年前と同じ景色が広がっていたのである。

三脚を据えた。アングルはすぐに決まった。首を伸ばして眺めてみれば、部員たちのコスプレも完璧だった。和服姿の商人、町娘、漁師。かつての時代に生きているようだ。写真と同じような画角におさまるよう、立ち位置、ポーズを修正した。

そして日本丸がきた。

大きな弧を描く夕陽、静かに進む帆船。

陽が水平線に触る。帆船の姿がレンズの真ん中におさまった。

わたしは息をするのも忘れ、夢中でシャッターを切った。


脱力感のような達成感があった。部員たちも岸壁に足を投げ出し、西空に残る朱い色を眺めていた。そんなコスプレチームが並ぶ岸辺も愉快な景色だったけれど、わたしは写真をすぐにも紙に印刷したかった。三脚にカメラをつけたまま、たたんで担いだ。

「学校に行ってくるわ」

ホテルの正面玄関にタクシーがいる。走って先頭の一台に乗った。

部員たちが、わたしの背中に呼びかけたそうだが、ぜんぜん覚えていない。(あとで、なんで、コスプレチームをほったらかしにしたのか、と責められた)

部室に入るなり、プリンタに写真用紙をセットして印刷した。

古い写真と並べて壁に貼った。スポットライトを一灯向けてみれば、百年の月日を超えながらも、まるで同じ景色だ。

「ええ、もう、これって、なによ」

たよりないことばしか出ない。心臓が撥《は》ねるとはこういうことか。胸の内側からふくらんでのどを狭めている。

「ああ」

なおも写真を見る。

「すごすぎる」

わたしは時を超えた向こう側の、そこに立っていたのだ。

わたしは泣いた。壁を叩いて泣いた。

部活生も帰った夕暮れ。うす暗い教室。(天井灯をつけていなかった)。先生がひとり入って来た。不審者かと、用心したということだったが、そんな先生にわたしは、覚えていないけれど、涙の目で、こう言ったらしい。

「しあわせとは、いつもそこにあるのですね」

野球部の顧問で、ジャージー姿の先生は、何事かわからないまま、わたしに抱きしめられた、らしい。

歳月を経て街の姿は違っている。かつての《生田の磯》には鉄筋やプレハブの建物が立ち並んでいる。でも「影」は変わらない。同じなのだ。

わたしは部員たちにはもちろん、部員でもない友だちにもさんざん自慢した。

「目のつけどころ、すごいと思えへん？　こんな写真、よう撮れたと思えへん？　天才や思えへん？」

その自慢何回めや、わかった、天才にしといたげる。

呆れられながらも、出来映えは完璧だった。インスタにあげたところ、神戸新聞の取材を受け、写真が日曜版に載るようなこともあった。

新聞に載ったことで、古い方の写真についての情報が寄せられた。

「これは百年前ではなく、百五十年前です」

船のかたちが、明治ではなく江戸末期と、大学の先生から指摘があったという。

わたしは訊ねた。

「百五十年前ですか。でもそのころ、写真ってあったんですか」

新聞社のひとは言った。

「坂本竜馬のポートレイトだってあるじゃない。部屋に飾ってんでしょ」

何で知ってる？　わたし、うれしがっていろいろしゃべったか。

それはいい。

「維新前、神戸はただの漁村ですよね。そんな田舎で誰が撮ったんでしょう」

「さあ、写真が残っててんだから、誰かが撮ったのですよ」

まあ、それはそうだ。

新聞社ではそれ以上詳しいことはわからなかった。


ところが、写真を見たあやばあちゃんは、すぐに言った。

「これは江戸時代の末や。一八六四年。元治元年」

「なんでわかるん？」

あやばあちゃんは九十五歳になっていた。身長一四〇センチと小っちゃいが、背筋はまっすぐ。呆けもなく、話の筋道もまっすぐ。

そして、昭和初期のモダンガール新谷綾子は写真に詳しい。ドイツ人から譲ってもらったというライカまで持っているのだ。一九二〇年代製造のヴィンテージだという。デジタル時代に使うことはほとんどないだろうけど、わたしの写真趣味は、あやばあちゃんから引き継がれたのかもしれない。

ばあちゃんは、わたしの手を取った。

手の甲のシワは深く、骨も血管も浮いていたが、手のひらの感触は気持ちよく、やわらかく、あたたかかった。

「場所は生田の磯」

「そう。昔はそう呼んだとか」

「いまは第一突堤」

「そう、そう」

「白い波が寄せくる瀬」

「瀬?」

「浅瀬に波がゆっくり寄せたとき、風は止み、懐かしい景色が見える」

わたしは、懐かしい、の意味を掴みかねたが、百年近く生きたひとなのだ。

「すぐわかるんやね。さすが神戸生まれ神戸育ち」

ばあちゃんは返事をせず、写真を見ていた。間を置いてから言った。

「じいさんは、さびしいんやて」

「ん?」

「話したがってるんや」

「話したがってる? じいさんって、吉兵衛さん?」

「じいさん?」

「あやばあちゃんが、じいさんって言うたやん」

「ああ、吉兵衛じいさんな。そう、さびしなって出てきて、子孫のきらりに、昔の景色を見せた」

なぜ、こんな写真が撮れたのかはわからない。奇跡の一枚であることはたしかだ。しかしあやばあちゃんは何を伝えようとしているのか。呆けていないと言いながら会話はときにむずかしい。話があちらこちらへ飛び、時間感覚がばらばらになったりしながらも、話のつじつまは合っていたりする。聴くには集中力が必要なのだ。

この時も真剣に耳を傾けた。ばあちゃんは続けた。

「吉兵衛じいさんはがんばった。ところができあがった船蓼場は幕府に取り上げられた。維新になったら返すと約束されたのに、新政府のものになった。しかしそれもよし、後の世に続く。死ぬ間際には、そう言い残したらしい」

この説明は正しい、吉兵衛さんの逸話は歴史資料にもある。

とはいえ、本に載っているようなことを知りたいんじゃない。あやばあちゃんは何を言いたいのだろう。

「吉兵衛じいさんが、わたしに昔の景色を見せたって？」

ありえるはずがない。

「百五十年前ふうに撮れただけでしょ」

夕陽を帆に受け、長い影が海面にたゆたう。漁師や町人姿も見事にはまったけれど、それは部員のコスプレ。海の景色は昔と変わらず美しいのだ。

砂浜には漁家のかやぶき屋根。

ん？

かやぶき屋根？

「え、うそ」

ルーペで写真を見た。砂浜に小屋がある。屋根はかやぶきだ。

なぜ？　こんな小屋、あった？

わたしは写真の隅々まで、ルーペで探った。

とても小さいが、遠くの磯に漁師や船頭がいた。さらによくよく見てみれば、その衣服は、わたしたちがレンタルしたものとは違っていた。

海上の舟に乗り、櫓をつかう漁師も見えた。

部員たちは岸壁に立ってポーズをとった。海に出てなどいない。

「じいさんは、うれしいんやて」

「ほんまなん。ほんまに、ほんまなん？　なあ、ばあちゃん」

あやばあちゃんは言った。

「今度撮るとき、目を凝らせてみ。景色の隅っこに、吉兵衛じいさんが見えるわ」

わたしはもう一度ルーペを使った。

「見れば見るほど、すごい写真や。なあ」

呼びかけてみたが返事はなかった。

あやばあちゃんは、すやすやと寝息をたてていたのである。

九十五歳の体力はひんぱんに休憩が必要らしい。

五

大学を出ると地元で就職した。

ネットで洋服や雑貨を売る会社だ。社是は「Ｈａｐｐｙ ｏｎ Ｈａｐｐｙ＝しあわせとしあわせ」

一九九五年、神戸の街は深く傷ついた。

わたしは震災を知らない。でもわたしは神戸で生まれ育ち、街が受け継ぐものを受け継いでいく決意だ。そしてこれからも神戸に暮らそうと思っている。

会社のショッピングサイトはセンスがあって楽しい。

わたしは美大卒ではないけれど、

「美しい画面を作る仕事がしたいです。写真の腕には自信があります」

とアピールした。自信過剰、やり過ぎかと思ったが、気に入られたのか受かった。

そして、内定をもらってから、すごいことがわかった。この会社、神戸の第一突堤に新本社を建てていたのである。

新人にも入社前、新本社のイメージを見せてくれた。同期の仲間は一様に感心した。

「海辺のオフィスよ」

「となりが水族館、やばい」

「神戸に来てよかった」

就職ではじめて神戸に住むことになる同期たちはとくに、期待に胸がふくらんだようだった。

しかし、わたしの驚きは、同期が持ったであろう一般的な感動を超えていた。完成予想図とともに見た周辺地図には声を飲み込むしかなかった。新本社の背面がすぐ波打ち際で、その浜辺こそ生田の磯、網屋吉兵衛の精が棲む場所だったからだ。

「じいさんはそれを知って、うれしいんやて」

あやばあちゃんの言葉を思い出した。

目尻から涙がこぼれた。ハンカチで押さえたが、隣にいたのは、海のない県からやってきた同期だった。彼女が「海だ、海、海」と、声を出しまくっていたので、わたしの涙は目立たなかった。


しかし、入社後ひと月。新本社の移転場所には賛否両論、さまざまな意見が出たということを知った。

「駅から遠いし」

「歩くんめんどくさいし」

わたしが就活した現本社は三宮駅から徒歩五分。新港の新本社なら二十分以上かかる。

バス路線ができる、という情報も流れたが、

「バスなんかに、乗りたくない」

現実とは、かくも俗なものである。

人とは、自分の都合を、勝手気ままにのたまう生き物である。

しかしここはかつての、生田の磯。精霊が住む聖なる場所なのだ。

新人と社長が語り合うというミーティングがあった。

そこでわたしは胸を張った。声を大に、同期にも先輩にも、社長にも言った。

「ここは最高のオフィスです」

さらに言った。

「吉兵衛さんの命なんです」

みんなは一様に、

「吉兵衛さんの命って?」

「何の話?」

わたしはスマホに保存した《奇跡の一枚》を見せながら説明した。みな「へえ」と感心はしたが、通り一遍のことだった。

「それはですね」

ミーティングの議事進行役でもあり、新社屋引っ越しプロジェクトリーダーにもなっている太田総務課長が、

「そのあたりは神戸港発祥の地でね、偉業を顕彰する石碑も新本社ビルの北側にあるのです

よ」

と、神戸港の開祖、網屋吉兵衛のことを話した。みんなは「そんなことがあるのですか」とその場では反応したが、興味が続く社員はおらず、話は立ち切れだった。

しかし社長が、わたしの勢いを気に入ったようだった。

「歴史があるというのは素敵なことです」

わたしの名札を見ながら（新人だけ名札をつける）訊ねた。

「新谷さんは、歴史を大切にするひとなんだね」

「はい、そのとおりでございます」

妙な丁寧語で返事をしてしまった。社長はやわらかい笑顔。

「配属部署は」

「顧客コミュニケーション課となりました」

「なるほど」

なにが、なるほど？

「そういうことなら」

と、社長はその場で、

―　新社屋で楽しく働くアイデア発案

プロジェクトを立ち上げると決めたのである。

ミーティングが終わり、社長と太田課長が二言《ふたこと》三言《みこと》言葉を交わした。社長はわたしに笑みを向けると、どこかへ行った。

残った太田課長が、わたしを手招いた。

「なんでしょうか」

「新谷さん、アイデアを集めるメンバーね」

「成り行きですよね。でも承知しました。で、他はどなたが？」

「僕だよ」

「課長はリーダーでしょ。他のメンバーは？」

「新谷さん。楽しくやりましょう」

課長の袖を引いた。

「わたしだけ？」

「熱意は数じゃないです」

「熱意は数じゃない？？　わたしひとりですか？」

課長は笑った。嘘っぽい笑顔だった。

「まずは君が考えてみてくれ。たとえばこんな感じとか、ここをこうしたら、もっと楽しく働けるとか。誘い水ってやつだよ。みんなからアイデアも出てくる。ぜんぜん、ひとりぽっちじゃない」

「課長、でも」

「はい」

「わたし、まだ働いて間がないです。どこをどうしたらいいかって、あんまりわかりません」

「誰にとってもわからないよ。新しいオフィスなんだから」

「でも」

「顧客コミュニケーション課でしょ。社員も顧客じゃない」

「でも」

わたしの部署は、ネットで商品を買ってくれた方の満足度調査だ。総務の仕事じゃないはず。

「いいの、いいの。熱く語ったじゃない。その気持ちでいきましょう」

熱かったかなあ…

黙ったわたしをその場に残し、課長は席へ戻っていった。

とりあえず建設中の本社へ行ってみることにした。

出勤時間に合わせて自宅を出てみよう。どのくらい遠くて面倒くさいのか、検証してみよう。

わたしの家は神戸山手の山本通、神港学園の南側にある。かつて神戸女学院があった場所だ（いま学校は西宮市に引っ越している）。そして当時、女学校のとなりには、学校と同じ敷地面積で、川崎造船所初代社長松方幸次郎《まつかたこうじろう》の邸があった。松方さんはここから二頭立ての馬車に乗り、造船所のある海辺へ坂を下りたという。

五月晴れの土曜日だった。自転車で浜へ向かうことにした（残念ながら馬車を持っていないので）。

風を正面に受けながら坂を走った。

中山手通から下山手通、鯉川筋、メリケンロード。

海岸通から京町筋を南へ折れると、新港第一突堤である。

自転車を止めスマホを見た。ほお、と感嘆した。家を出て十分しか経っていない。

楽勝すぎる。

ほぼ下り坂だったこともある。山と海が隣接している都市、神戸ならではの快適な通勤スタイルだ。どこが面倒くさい通勤か。風を受けて走る快感を伝えよう。会社には駐輪場を提案しよう。（登りになる帰り道は心配だが、それも人生）

自転車を降り、新本社の裏側に回ってみた。

岸壁に立った。水平線へ景色が抜けている。沖に遠くタンカーやフェリーが行き過ぎる。右対岸はメリケンパーク。メリケンパークの左奥は川崎重工のドック。大きくて真っ黒な潜水艦が見える。

吉兵衛さんに呼びかけた。大きな声で。

「潜水艦っていうねんで。あんなくじらみたいなんが、海に潜るんやで～～！」

息を吐ききった。

磯の匂いで肺を満たし、もう一回言った。

「あんなでっかいのが、海に潜るんやで～　すごいやろ～～」

少し離れたところに女の子がいた。笑っていた。声、でかすぎたか。

でも手を振っている。ん？

低い午前中の陽で逆光になっていたが、それはツムギだったのだ。同期入社した女子。付き合いは短いが、気が合ってすぐ仲良しになった。

近づいてきて言った。

「潜水艦は潜れるし。誰に向かって大声出したん？　いやなことでもあった？　カレシと別れたとか」

「ちゃうちゃう」

わたしは笑ってやった。

「たしかに潜水艦は潜れる。でも、いやな事もないし。ツムギこそ何してんの？　わたしを待ってた？　ここ来るん言うてたっけ」

桜井紬は大阪の芸術大学出身。雑貨の企画をやりたくて入社した。いつもボヘミアンな格好をしている。民族衣装をモチーフにしていて、身につける服、かばん、アクセサリーは基本自分で作る。価値はお金じゃない。自由自在に生きるアートな生き方。チープシックを超えた「精神的」なスタイル。そんなツムギも、入社初日はリクルートルックだった。上下黒のスーツ、襟の尖った白いシャツに黒いローヒールを履いていたが、彼女はアーティストの魂を仮面の奥に潜ませていた。わたしにはわかった。友達になりたい。それで初日から「ごはん行かない？」と誘った。あんのじょう、彼女は不思議ちゃんだった。彼女はこんなふうに返したのだった「誘われると思ったわ。その瞳に霜降り肉が見えたから」。で、結局わたしのほうが焼肉に誘われるようなことになったけれど、連れて行かれた宇治川筋にある安くて美味しくて予約が半年で埋まることで有名な焼肉屋は桜井家の親戚だったのである。とにかく、彼女は胸中に思い浮かんだ内容を言葉にするときも、そこに独特の切れ味を求めるアート人間なのだ。空想少女、夢見る少女。それよりなにより、彼女と知り合っていちばんうれしかったこと、それはわたしたちふたりとも、深い歴史沼の住人だったことだ。わたしたちはその日のうちに、永遠の友情を確認し合った（ほんまかいな）。

ツムギもわたしも、推しキャラがいる。歴ヲタ女子はだいたい剣士推し。世の中的いちばん人気は、るろうに剣心の緋村剣心、二位は坂田銀時、三位はワンピースのゾロとお決まり。最近は竈門炭治郎も上昇しているけれど、わたしとツムギはそういうのとは違う推し。実在した剣士こそが好きなのだ。

わたしは坂本竜馬、ツムギは新撰組副長《バラガキのトシ》こと土方歳三だ。

ツムギは日本刀ヲタでもある。それもスーパー級で、土方の佩刀《はいとう》《和泉守兼定《いずみのかみかねさだ》》を「心のかたすみ」においている。《和泉守兼定》は南北朝時代にはじまる美濃《みの》統《とう》で、武田信虎、明智光秀、細川忠興、黒田長政などに愛された名刀を作ってきた鍛冶《かじ》だ。

「土方の兼定は江戸時代のものね。会津藩お抱え刀工だった十一代兼定の作で、刀身のそりは浅くて直線的。正真正銘、闘うための武器よ。刀が鑑賞するものになった太平は遠いとは、刀の姿からも明らかね」

新撰組の刀なら近藤勇の《長曽根虎徹《ながそねこてつ》》のごたくも、桜井紬は語る。ときには講談師がごとく。

「兼定と同じく、江戸の刀工長曽祢興里《ちょうそねおきさと》は切れ味抜群の刀作りをしていた。見る者に緊張感を与えるほどの存在感を放ちながら、古刀のように鉄が柔らかい。近藤は《殺人者》となるため、実戦向きの道具として《虎徹》を愛したのであります」

ツムギは本気の刀剣好きだ。平安、鎌倉、南北朝、室町時代、なんでもござれ。奈良の春日大社国宝殿で、伯耆国《ほうきのくに》（現在の鳥取県中西部）の刀工が平安後期に製作した最古級の日本刀《安綱《やすつな》》が展示されたときは初日の朝一に飛んでいった。そして展示室で目にしたとたん、膝を崩して泣いたらしい。激しすぎる感動で泣くなんて、わかるけれど、美術館にとっては難儀な客だ。しかもそのときツムギは《安綱》の前から離れず、なんとか刃紋を見ようと、単眼鏡を持ってショーケースに額をひっつけたので、ついには警備員に引き剥がされた、という。

ちなみに、わたしのいち推し、坂本竜馬の差し料は坂本家の家宝《陸奥守吉行《むつのかみよしゆき》》である。

わたしはもちろんそれが好き、でもわたしは、刀で泣くことはない。

とにかく、ふたりは歴史話で盛り上がる。坂本竜馬が新撰組と何回か出くわす（ているらしい）が、その場面などは大好物のネタである。

「四条河原町で新撰組とばったり」

「新撰組は土方歳三と隊員十二人」

「竜馬は幕府のお尋ね者。見つけたら斬る」

細い街路。新撰組は陣形をつくる。踏み込みはしない。竜馬が北辰一刀流の達人と知っているから。殺気に空気も止まる。竜馬は無言。隊の前面を、すり足で横へ移動していく。そしてさっと腰を沈める。抜き打ちか、と隊士たち。握りを絞り地面を踏みしめる。ところが竜馬は刀を抜きもしない。

「ぺたりとしゃがみ込んだとおもいきや」

「ふところに子猫を抱いていた。よしよしとあたまを撫でながら、そのまま通り過ぎていった」

いい、とてもいい。

「沖田総司が土方に言った。あの人は斬れないって」

こんな話をうれしがる二十三歳の女子ふたり。

「西宮の街道筋でも巡察隊と出くわした」

夕方であった。陽は落ちたが近眼の竜馬でもまだ見える明るさ。塾生で土佐藩の安岡金馬と二人だった。安岡は竜馬が子猫で危機を脱した河原町の現場にもいた。そのとき安岡は民家に隠れ新撰組に気づかれなかったが、竜馬の「技」は目撃している。安岡は言った。

「子猫は二度は無理ですキ」

「わかっちゅう。同じ手は使わん。一瞬で済ますから、一気に走るんぜ」

五間（九メートル）の間合い。剣先は届かない。

相手は八人。いちばん前に一人。後ろに三重の陣形を組みはじめたが、陣形が整う前に、竜馬は袴をたくし上げ、大股を開きその場に放尿したのであった。立ちすくむ新撰組。尿のしぶきが竜馬の手にかかるのさえ見ていた。竜馬はすすと進み、いちばん前にいた隊員の口と鬢《びん》に、小便を浴びた手をなすりつけた。

「け、何をする！　ぺっぺっ、汚いやつ」

と相手が顔をそむけた。竜馬は隊列を走り抜けながら袴を脱ぎ去り、しんがりの隊員に叩きつけた。隊員がひっくり返った隙に安岡と雲助のように逃げた。

「新撰組と戦う理由がないからね。でも」

ツムギは言う。

「まじ戦ってたら、どっちが勝ったか」

毎度繰り返す議題。わたしはすぐに答える。

「腕前なら竜馬よ」

竜馬は北辰一刀流の開祖、千葉周作が開いた玄武館《げんぶかん》で、最高位の大目録皆伝をくだされ塾頭になった剣士なのだ。江戸には千葉のほか、三大道場として、桃井春蔵の鏡心明智流《かがみしんめいちりゅう》道場、斎藤弥九郎の神道無念流《しんとうむねんりゅう》道場が存在した。技の千葉、位の桃井、力の斎藤と言われた。桃井道場の塾頭は土佐の武市半平太、斎藤道場は長州の桂小五郎。名門道場の塾頭を、維新の立役者となる者が務めていた。

玄武館での竜馬対小五郎三本勝負とか、関心がない人にはまるで通じないが、ふたりはカフェでパンケーキを食べながら語り合ったりする。

ツムギは指摘する。

「千葉の塾頭といっても、実際に人を殺したことがないでしょ」

それはたしかに、そうかもしれない。

「けんかは実戦。新撰組は殺しまくってる。集団戦も緻密」

「でも竜馬は強い。出合いがしらの秘技もある」

「親指切りか」

親指切りは、千葉周作が実地の真剣勝負で編み出した、美しい一閃と伝えられる瞬間技だ。相手が剣を振り上げた一瞬にコブシを撃つ。指を落としてしまえば、相手は据えものとなり果てる。わたしは言い放つ。

「土方なんか、しょせん田舎の二流剣法」

竜馬推しのわたし。さらに覆い被せる。

「道場で試合したら、竹刀を合わせる事もできひんで」

「土方の天然理心流《てんねんりしんりゅう》は喧嘩の殺法。技の美しさとか関係ない。叩いて叩いて力で斬るし、刀がダメなら組み付いたり足を払ったり、なんでもあり」

わたしは粘る。

「竜馬は籠手《こて》撃ちがもともと速いんよ。親指斬りはおこり籠手を超高速にした技やから、めちゃ実戦向き。敵を一瞬で戦闘不能にしてしまう」

「でも、平青眼《ひらせいがん》で籠手を躱《かわ》されて、カウンターで逆籠手されたらどうするん？」

「無理無理。平青眼は頭が前に出るか傾く。その横面を叩きもするし、上体を反らせてきたら、残った逆胴を摺り上げて腕を斬り飛ばしもする。基本を叩き上げてるからこそ展開も臨機応変」

ツムギも粘る。

「一対一の勝負ならそうかもしれんけど、新撰組は集団戦法。正面と左右。背後にも展開する」

「それでも打開できる。正面の相手は指を斬られたことがわからないほどの瞬殺なのよ。集団のど真ん中に穴を開けて逃げる」

「そんな、うまいことといく？　実戦は泥臭いと思うけどなあ」

「だいだいは走って逃げる。こんなとこで戦ってどうなると思ってるからね。竜馬が見る世界は広いのよ」

想像世界のものを、ふたりはさも実戦のように応酬する。現実の情報も混ぜたりする。北辰一刀流の七代目宗家がドイツ人となり、千葉道場が東京からミュンヘンに移った話（これは事実）などはそうだ。ところが実はふたりとも、剣道をしたことがないのであった。当の剣士たちにすれば、こんな沼はまり女子に、無理とか二流剣法呼ばわりされて片腹痛いだろうが、ふたりは空想の中で、あーでもないこーでもないと、歴代の剣士を戦わせるのだ。アニメやゲームのキャラは子どもっぽい、と互いに垂れながら、ふたりとも刀剣乱舞で刀剣男子を育てている。もちろん、わたしの推しは陸奥守吉行、ツムギは和泉守兼定と堀川国広《ほりかわくにひろ》。御札やお守りを入手し、イヤホンを耳にスマホでピコピコしながら、刀剣男子の戦いを仮想空間で楽しんでいる。

「そういうことなら」

ツムギは突然、こんなことを言った。

「見に行ってみようよ。どっちが勝つか、じっさい」

「じっさいって」

「昔の景色を見せてくれるんやろ。竜馬と新撰組が出会うシーン、頼んでみてよ、吉兵衛さんに」

「はあ、それですか」

不思議ちゃんならではの発想。

「出会うシーンって京都やん。京都へも連れて行ってってって頼むん?」

京都ならどうなのか。リクエストを受け付けるのか。だいたい、何を頼めて何を頼めないのか。わかるはずもない。わからないものを考えてもしかたがない。

まあとにかくもう一度、吉兵衛さんにアクセスしてみよう。

夕陽が水平線に落ちるころ、明石海峡を抜けて来た西風と、六甲山をすべり下りる北風が当たって磯に無風地帯ができる。

昔の景色が現れる磯、わたしのマジックタイムだ。

理科の先生に話してみたことがある。

「浜辺が無風になる? 西風と北風で? 紀州灘からの南風がうまいこと混じったりすれば、力を打ち消しあうことも考えられるが、ん〜ん」

先生は言った。

「気象学的にはやっぱりあり得ないね。写真の季節は春だろう。夕方の西風は強い。凪なんてできないよ」

でも凪になるのだ。昔の景色が現れるのだ。

六

夕方になった。

浜に立てば西風が強い。

シャツの襟がぱたぱた揺れるほど。

気象学的にいえば…たしかに、この風がやむとは思えない。

でも、風はやむ。

浜へ進んだ。そして高校生の時、はじめて
――ぽわん
を感じた場所に三脚を立てた。カメラをセットし、アングルを確かめていると山から風が下りてきた。

夕陽が大きくなっている。

風たちは方角を迷っている。右へ左へ。

と思いきや、すっと無風になった。

来た！　液晶画面は一面、昔の景色。

目の前に海。ホテルは消えている。沖を走るタンカーも消えている。白い波頭が風の溜まりに戸惑っている。

朱い陽をゆるやかに受け止める海。手こぎの小舟が二艘。どてらを着た船頭。着物の裾をはしょい、櫂を使っている。

「ツムギ！　ツムギ！　見て！　江戸時代」

ツムギが飛んで来た。位置を替わる。

「すごない？　すごいやろ」

ツムギは驚きもしない。

「ホテルしか見えませんけど」

「え？　昔の海、手こぎの小舟おるやろ。船頭さんもおるやろ」

「ホテルやし。タクシーはおる」

ツムギはカメラから顔を離す。

風を確かめる。無風状態は続いている。

液晶をもう一度覗いた。昔の海が広がっている。小舟を操るのは威勢のいい船頭と水夫。

「江戸時代やんか、ほら」

ツムギを引き寄せた。頬を寄せ合い、いっしょにのぞき込んだ。

ツムギは声を上げた。

「見える！」

「な、江戸時代や」

わたしは喜びで飛び上がってしまった。カメラから離れた。するとツムギは、

「あ、消えた。ホテルになった」

「え」

わたしはツムギの背中に被さった。ツムギは言った。

「あ、また見えた」

どういうことか？

わからないけれど、夕陽はますます朱い。

マジックタイムは短い。シャッターをバシバシ切った。

「ええわあ、浮世絵みたいや。赤富士ならぬ赤神戸」

小舟に映える朱がなつかしい色に見える。地球の歴史でいえば、たかが百五十年。太陽の色は変わらないだろう。でも、なんだろうこの感覚。なつかしい。

「ツムギも撮ってみる?」

「うん」

ツムギと替わった。

すると、

「見えない」

「え」

また、ツムギに寄り添って覗き込む。ツムギは言った。

「見えた」

「う~ん。見えたり見えなかったりやね。わたしはずっと見えてるけど」

もしや。

ツムギから離れた。ツムギは言った。

「消えた」

ツムギの肩に手を添えた。

「見えた」

離す。

「消えた」

手を置く。

「見えた」

離す。

「消えた」

吉兵衛じいさんはわたしに景色を見せてくれている。そして、わたしとつながったひとなら同じ景色を見ることができる。

「そういうことか」

ツムギと動作確認した。

ツムギが「ひとりで」液晶を覗き込む。

「見えない」

肩に手を置いてみる。

「見える」

離す。

「見えない」

手を置く。

「見える」

ツムギは言った。

「ほんなら、これはマジで昔の景色か」

「そう、すごい！」

ふたり抱き合った。抱き合ったまま、ぴょんぴょん撥ねた。

「すごい、すごい」

夕陽が低い。日没まぢか。

「いちばん朱い色を撮っておく」

と、西の水平線にレンズを向けたまま、シャッターから指を離さなかった。ツムギがわたしの袖を引いた。

「きらり、街も撮りよ」

「ん？」

「そっちも江戸時代かどうか、確かめてみれば」

「おお、さすが」

興奮しすぎて頭がまわらなかった。

三脚を据え直した。街道が映った。レンズの倍率が小さい。景色は遠いが、家が並び、着物姿も見えている。時代劇のようだ。

残り少ない時間。レンズを東へも振った。

護岸されたはしけ。船が二艘引き上げられている。制服制帽姿が人足ふうの男たちに話しかけている。

「これって」

わたしの頭に光りがともった。

「吉兵衛さんの船蓼《たで》場とちがうか」

ツムギが画面の一点を指す。

「この建物は？　ほら、はしけの向こう」

木造の二階建て家屋。小学校みたい。江戸時代なら寺子屋？　いやいや、
ツムギとわたし、声を揃えたのである。

「海軍操練所！」

三〇〇ミリズームではまだ遠い。細かいところはわからない。

カメラをつけたままの三脚を担ぎ上げた。そして走った。

もっと見たい。近づかなきゃ。陽が沈むまでに。

五〇メートルほど走った。三脚を降ろした。脚を広げる余裕もない。一脚状態のまま、海軍操練所の方角にレンズを向け、液晶をのぞき込んだ。

ん、あれ？

普通の景色。

頭を左右に振り、またのぞき込んだ。

三井や三菱の倉庫が岸壁に並ぶ。海軍操練所と見えた建物は神戸税関。今の神戸。西を見る。夕陽は沈みきっていない。でもマジックタイムは終わったのだろう。強い西風が戻っている。

いまはどういう状態なのか。何が起こって、何が起こらなかったのか。

整理もできないが、今日はこんなところか。

とりあえず、いっぱい写真を撮れた。

と思いながら、最初の場所へ戻った。

するとどうだろう。そこはまだ無風だったのである。夕陽が残る力を振り絞るかのように浜を照らしている。もう一度カメラを構えた。

江戸時代だった。

陽が波間に消えると、昔の景色も消えていった。

七

ツムギが、

「おなかが空いた」

と言ったらしい。聞こえていなかった。

ツムギは返事もしないわたしをよそに、コンビニでおでんを買ってきた。

岸壁にへたり込んだわたしは、なんとも形容しがたい表情をしていたらしい。

ツムギはとなりに座って食べている。

さすがに、においにつられた。

「おなか空いた」

「そうでしょ」

「おでんか」

「おでんやし」

「わたしは玉子」

とのぞき込む。

「え、玉子ないやん。買うてないの？」

ツムギはどんぶりと箸を置き、スマホを持った。わたしの質問を無視している。

「さあ、気づいたとこ、メモしとこ」

「何を？」

「何をって、反省会しやんとあかんやん」

「おでんは？」

「おでんもええけど、昔の景色が見えたり見えなんだり、条件を整理しとかなあかんでしょ。わかったこと、疑問とかもろもろ。忘れんうちに」

と言いながらツムギはスマホを置いて箸を使い、こんにゃくを口に放り込んだ。

「やっぱり食べるんや」

大根とつくねが残っている。

「そのふたつ、わたしのん」

ツムギは串でつくねを刺した。

「わたしのんやて！」

ツムギは串刺しのつくねをわたしに突き出した。

「ほら、食べ」


条件だと思われる項目を整理した。
・夕陽が沈む直前のだいたい十五〜二十分間（これがマジックタイム）
・風が止む（マジックタイムの状態になる）
・撮影できるポイントは限られる（場所に条件あり。ホテルの誘導路あたり。そこを《ぽわんの場所》と名付ける）
・《ぽわんの場所》から離れると見られない（ようだ）
・《ぽわんの場所》がどのくらいの範囲かはわからない（要検証）
・レンズの向きを変えても見られる（確定）
・吉兵衛さんが生きていた（だろう）時代の景色が見える（他の時代も見えるかは不明）

「竜馬と出会いたいなあ、出て来んかなあ。勝海舟も」

「この磯に来てくれたら写るね」

歴史上の大人物が撮れるかもしれない。

「来んかなあ」

「来んかなあ」

わたしは吉兵衛さんに呼びかける。

「吉兵衛さんは勝海舟とお友だちだったんですよね？　ここまで連れて来れませんか？」

「友だちちゃうでしょ。幕府の偉いさんよ」

「吉兵衛さんも偉いんよ。家茂に謁見してる」

「でもそれ、友だちか」

現代女子があれやこれや。

吉兵衛さんが面白がってくれたらいいんだけど。

精霊が答える気配はない。

わたしの願いは、どうやったら届くのだろう。


メモを続けた。
・見られるのはきらりだけ
・きらりとつながったツムギは見られる（理由不明）
・他の人もきらりとつながれば見えるのか（要検証）

ツムギが言った。

「海軍操練所を覗きたいなあ」

「北側の道路に三脚立ててみよか。税関が真正面に見える。吉兵衛碑から海側、バイパスくぐったあたり」

「そこら辺までは《ぽわんの場所》かもしれんね。超望遠がほしいなあ」

わたしのズームレンズは三〇〇ミリ。千ミリレンタルもあるけど、三〜四キロの重さ。三脚も太い脚のがいる。レンタル料も高いだろう。

「無理かなあ〜　超望遠は」

ため息まじりにつぶやいた。

ツムギは言った。

「それより明日は動画をためしてみようよ。そのカメラで撮れるでしょ」

「ん？　おお、動画か。さすが。あんた偉いね」

日曜日も晴れた。超望遠レンズは調達できなかったが、撮影は十五分間ちょい。何でもかんでも確かめることはできない。ひとつずつだ。

昨日整理した条件にそって準備した。

ズームは三〇〇ミリだけれど、まずは動画を撮ってみよう。

人物は動いているのか。会話をしているのか。


日暮れに西風。北風が混じって渦になり、するりと風がおさまった。

液晶画面には静かな波間。小舟が浮かんでいる。

「吉兵衛さん、ありがとう！」

マジックタイムは短い。六十秒間隔で海、船蓼場とカメラを順にパンしていった。

北側上方へ反転して六甲山。視線を下げていって街道。街道沿い。

景色が動いている。

人が動いている。

「移動しよう」

三脚をかついで、三〇メートルほど北上し、バイパスの下、税関も見通せる歩道に再セットした。液晶を見る。

商家、農家、納屋。着物姿の人たち。

ここもまだ《ぽわんの場所》だ。

集中した。きれいな絵を撮るよう、ゆっくりとカメラを動かした。

そのまま三分間。街道筋をなめる。

東へパンしていくと船入場。そして神戸海軍操練所が現れた。

クローズアップ。

玄関に着物姿の人物。荷物を背負っている。商人か。軍服姿が出てきた。商人はていねいにお辞儀をし、街道の方角へ歩き出した。

ズームの限界。細部は見分けられない。でも景色が動いている。人が動いている。江戸時代の日常が、時を超えて映し出されている。

カメラを操練所玄関に固定したまま空を見上げた。西の空が染まっている。川崎造船所の横に見える水平線には、まるくて真っ赤で、下ぶくれになった陽がある。

「ああ、きれいやわあ」

わたしは背伸びをしながら、感嘆の声を出した。

陽が落ちると、思い出したように西風が来た。

カメラの画面は神戸税関。録画停止ボタンを押した。ツムギが訊ねた。

「どう?　撮った」

わたしはうなずく。

「撮ったと思う」

「見よう」

吉兵衛碑まで歩いた。石碑にもたれ、並んで地べたに座った。

再生モード。小さな画面に見入って十秒で、ふたりは息を止めてしまった。そしてふたり同時に息を吸い込んで、言った。

「動いてる」

「動画もいけてる」

すわったまま抱き合い、背中をたたき合い、画面に戻る。

海に浮かぶ小舟。浜に上げられた舫《もや》い船。どちらも木製、舳先《へさき》がとがっている。船蓼場には上半身裸の男たち。江戸時代のひとだろうが、いまも漁村ならこういうひとはいそうだ。でも、街道の景色は明らかに現代とは違った。町人、町娘、天秤棒をかついだ物売り。そして武士がいたのである。月代《さかやき》を剃り上げた髷《まげ》、二本差し、背筋を立てた正しい姿勢。

見終わった。深呼吸した。わたしは言った。

「武士が居《お》った」

「ちょんまげ頭」

「刀差してた」

「袴《はかま》はいてた」

「すごいなあ」

「音も聞こえたね」

「え、ほんま?」

「ほんまって、録《と》れてたでしょう」

「そうか」

「頼んないなあ」

ぼんやりしすぎだろうか。いや、興奮しすぎている。音の記憶がない。

「ツムギは何が聴けた? 声?」

彼女はすこし戸惑う。

「そう言われると、微妙かなあ」

「最初から聴こ。音レベル最大にする」

ふたりして画面に張り付いた。耳も最大限澄ませた。

「たしかに音はある」

「でも静か」

かすかな音は波か、風か。

撮影場所を三〇メートル移動した後の映像でも、聞こえるのは自然の音だけのようだった。

「ひとの声までマイク届かなかったか」

「波とか風だけやったら、昔の音を録れてるかどうかわからん。映像と音は別かもしれん」

ツムギは言った。

「街道の映像もう一回再生してみよう。車が走る音とか混じってたら、今の音を録ったことになる」

「よし、もういっかい」

十五分間、集中した。現代の音がないか、痕跡がないか。

微妙だった。

「わからんなあ」

「音響研究所とか、持ち込んだらわかるかもしれんけど」

「そんなん、どこにあるん。あっても東京やろ。あ」

ツムギが気づいた。

「もしかして」

「なに?」

「そうそう」

「何よ」

「きらりが声出したやん。夕陽が沈んだとき。そこもう一回」

その箇所を表示させ、スタートボタンを押した。ツムギは耳をカメラのスピーカーに近づけた。

「やっぱり昔の音よ」

「わかるん？」

「きらりの声がない」

「わたしの声？」

「夕陽が沈むとき『ああ、きれいやわあ』って言うたやん」

「それは、えーっと、……え？」

どういうことか。

「今の音が録音されていない」

「？？？」

ツムギの目は確信に満ちている。

「もう一回再生してみて。説明するから」

わたしは最強耳を澄ました。ツムギが合図を出す。

「ここ」

「え」

「もう一回。しっかり聞いて」

わずかな風切り音、波の音、夕陽が沈む場面。

たしかに、わたしは夕陽を見ながら「ああ、きれい」とか言った。

マイクの真ん前で言ったのだ。その声は録音されていない。

「音も江戸時代か」

「おそらく」

わたしとツムギはまた抱き合った。

「楽しすぎる。面白すぎる」

ツムギも興奮気味。

「来週も続きをやろう」

わたしは言った。

「超望遠レンズをなんとか借りるわ。操練所に接近する。街道筋へもズームしてみたい」

思い切って野球場のカメラマンが使うような二千ミリがいいかも。レンタル料がどれほどか知らないけれど、出費が痛いとか言ってる場合じゃない。誰にもできないことをやっているのだ。

スマホで早速調べはじめたところ、ツムギが言った。

「レンズもいいけど音はどうするん。マイクも望遠できる？」

わたしは顔を上げた。

「あ、どうしよう」

「声も録りたいよ」

カメラと外部マイクをつなぐことはできる。しかし操練所も、街道も、ぽわんの場所から二〇〇メートルはある。映画撮影みたいにケーブルでつなぐのか。

「ブルートゥース・マイクはどうかな。近距離なら、ぜんぜんオッケーと思うけど。どのくらい離れられるかな」

わたしの愛機はキャノンＥＯＳ５Ｄｓ。高校時代は父のお古を使っていたが、大学時代、バイトで三十万円貯めて買ったのだ。無線通信もできる。でも調べてみれば通信範囲は一五メートルだった。遠く離れて録音することを想定していないのだろう。でも、さらにググると、ブルートゥースの最高規格なら一〇〇メートル届き、最新のスマホなら、それ用のピンマイクがあるのがわかった。

「スマホのほうが性能すごいやんか。ｉＰｈｏｎｅ買い換えるか」

とググっていると、画面に出てきたのは、

「あ、イマドキはこれか」

ドローンである。

手の平サイズでも、数百メートルの距離で通信できるようだ。

ツムギの目も光った。

「おうおうおう、まじ素敵。空から撮影してみようよ」

たしかにそれはいい。

だいたい、わたしはドローンがほしかったのだ。鳥の目で写真を撮ってみたかったのだ。

ツムギは言った。

「小さいのなら五千円で買える時代やし」

「そうみたいね」

また検索。ほれ、なんぼでもある。

「買いに行こ」

「いまから？」

「センター街」

「ネットの方が安いかもよ」

「おぬし」

「おぬし？」

「買ってすぐに飛ばせると申すか？」

なんやこれ、まあええ。

「かんたんらしいけど、練習は必要やろね、いっかい操作してみんと」

「ぜひもないではないか。即刻、求めに参るとしよう」

武家ことばで喋るツムギであった。わたしもつきあった。

「せっかちでございますね、殿《との》。されど主命《しゅめい》とあらば」

主命ではないが、高くても一万円ほどだろう。ネットが安いかもしれないけど、店なら質問もできるし、いまごちゃごちゃ話しあっているだけでも、すぐにほしくなってきた。

ということで、三宮センター街のヤマタ電器へ行った。

ドローン売場には、小さいのから大きいのまで並んでいた。いちばん前にあったのは七十万円。おお。でも、もはや買わずに帰る選択はない。お手頃機種を訊ねてみた。すると、

「最初なら、ナノドローンはいかがでしょう」

両手にちょうどおさまるくらいのサイズ。

四千九百八十円。わたしの給料にはありがたかったが、飛行玩具と書いてある。

「やっぱり安いのは、おもちゃみたいだからですか」

「それはネーミングです。この小ささでさえスマホで制御できて、しかも４Ｋ」

「ほんまですか。このちっこいのが?」

「はい。体感操作モードはけっこう感動しますよ。とてもオススメです」

店員さんの自信ありげな説明にソッコウ買ったのであった。

家に戻って、部屋で飛ばしてみることにした。私も行く、とツムギがついてきた。


パッケージを開いた。

吉兵衛さん、こんな時代になったんですよ、って声に出しながら。

ナノドローン。手の平に乗るサイズ。なんてかわいい。

リチウムイオン電池を本体にはめ、アプリをスマホにインストール。

さっそく起動。

プロペラが回った。ドローンは天井らへんへ浮き上がった。

「おお」

まるでハミングバード。スマホ画面で操作、右へ左へ。

「めっちゃや、かんたんや」

宙返りもできた。着陸もスムーズ。

体感操作モードというのは、さらにしっくりきた。スマホの傾きで飛行方向を操作できるのだ。スマホを持ちながら、体ごと右へ左へ傾けて操作してみた。

ダンスしてるみたい。

ほかにも、スマホ画面に指で飛行ルートを描けたり、手の動きでシャッターを切るジェスチャー撮影モードなんかもあった。２・４ＧＨ通信距離は一〇〇メートル。これで四千九百八十円？　電機メーカーは大丈夫なのか。

夕食中も、食卓の上空にドローンを浮かべて撮ってみた。母もうれしがって、ツムギと並び、ドローンのカメラにピースサインを向けた。

次の日からは、時間を見つけては練習した。勤務終わりにはアウトドアでの練習もした。神戸ポートタワーのてっぺんまでも舞い上げてみた。そしてわかった。

海辺は風が強く、小さな機体は揺れて墜落しそうで、画像を撮るどころでない。

しかし、わたしが撮影するのは「マジックタイム」。その時間、その場所は、まったくの無風になる。

やってみよう。大丈夫だ。期待は高まるばかり。

週末を待ち焦がれながら、ウイークデイはしっかり仕事をした。

集中力は高まり、仕事ぶりを課長にほめられたりした。

土曜日、午後から浜へ繰り出した。

練習を積んだおかげか、うまくなった気がした。多少の風でもコントロールできている。

一〇〇メートル上空まで飛ばした。手のひらサイズのドローンは豆粒のようになったが、映像はリアルタイムでスマホに映った。

「楽し過ぎる。もっと早う買うたらよかった」

ツムギは言った。

「でも、今だから、よんきゅっぱで買えたのかもしれんよ」

「言えてる。安なって性能ゲキ進化」

四時を過ぎると風が強く吹きはじめた。休憩。充電タイム。

そしてスタンバイ。夕焼けが色を増すなか、《ぽわんの場所》に陣取った。

沖へ目をやれば青くて大きなタンカー。ゆっくり西へ向かっている。

六甲山から風が下りてきた。西風と打ち消し合う。打ち寄せる白波が沖へ押されるように惑った後、凪になった。

「飛行開始」

上昇する。カメラは海面をとらえる。スマホ画面を見る。

タンカーは消えた。小舟が数艘、穏やかな海面に揺れている。

レンズを正面へ。青い空。

この空はどの空なんだろう。今の空？　昔の空？

空と陸の間には、時空の隙間みたいなのがあるのか？

考えてわかるはずもないが、とにかく、空からの景色を撮影できた。わたしが《ぽわんの場所》で操作すれば、無線でつながったカメラでも撮れることがわかったのだ。ツムギがわたしに触れていれば、いっしょに景色を見られることもわかった。


「次は神戸税関の上から見てみよう」

ツムギは言った。わたしも興奮した。

「勝海舟や坂本竜馬がおるかもしれん」

日曜日もやってみた。

しかしナノドローンでは遠すぎた。《ぽわんの場所》からは電波が届かない。

「ここから税関まで三〇〇メートルくらいかな」

「その上空となると、もうちょっと距離がある」

ツムギがスマホに地図を表示している。

「サイン・コサイン…地上距離三〇〇メートルで、高さ一〇〇メートル。そやから、スマホからは三三〇～四〇メートル」

どちらにしても三〇〇メートルは無理。

第二突堤ならどうだろう。そこからなら税関までは半分の距離。操縦してみれば、税関の上空まで飛ばせた。でも映る景色は税関のままだった。

最初の場所に戻る。

「やっぱり、このへんから飛ばさんとあかんみたい」

ツムギがこんなことを言った。

「きらりと《ぽわんの場所》をつないでみれば」

相変わらず、すぐには理解できない発想。

「わたしと場所をつなぐ?」

「ほら、そこに突起があるやん。そこからロープかヒモでつなぐ」

ツムギは岸壁を指差した。

「きらりは税関に近づいてドローンを操作するけど、からだを《ぽわんの場所》と直結しておくわけ。そしたら過去とつながり続けるかもしれん」

「ヒモですか」

過去とつながるために、ヒモ？

妙なアイデアだが、誰が正解を知るだろう。でもなあ。

「あかん気がする」

「ヒモはあかんか」

「ヒモやしなあ」

「じゃあ《ぽわんの場所》の範囲から飛ばすしかないね」

「税関まで届かない」

「そしたらさあ」

ツムギは言った。

「もっと大きなドローンだったら届くよね。違う？」

「そうかもしれんけど」

電器屋にはあった。大きな機体。大きなプロペラ。七十万円。

「いまのうちらにはどうしようもない」

「プロに頼もう。そういう機体を持ってるプロ」

「プロって、そりゃ、どっかにいるでしょうけど。どうやって頼むんよ」

ツムギは怪しい目をしたのだった。

「考えがあるわ、フフ」

八

ツムギは不思議ちゃんである。

次の土曜日、ツムギはすごいドローンとともに現れた。

映画や報道で使う上級機らしい。

「えへん。では、ご紹介します。野口克也さんです」

彼女は不思議を現実化する妙な人脈を持っている。

あご一面の髭《ひげ》、眉毛も濃くて左右がつながっている。大きな鼻が顔の真ん中に座り込んでいる。これ以上無理というくらいの日焼け。

筋肉隆々。鍛えている日常を誇るかのようなランニングシャツと短パン。

ジャングルから出てきたような、野性味あふれる男性だ。

「見た目と違って、若い女子に緊張するのよ」

ツムギはぶしつけな紹介をしたが、野口さんはひげの隙間に小さく開けた口で、

「こんにちは」

とあいさつをした。

筋肉とはうらはらに、声はやさしく、おどおどしているように聞こえた。

芸能人の誰かに似ているような。最近テレビに出てくる誰か、と見つめたが、そのときは思い出せなかった。

プロの空撮パイロットだという。永らくヘリコプターで仕事をしていたが、ドローンが登場したとき、

――雷に打たれた
ごとく未来を感じ、大枚をはたいて乗り換えたという。

「いまやドローン撮影の第一人者よ。映画やスポーツ、高層ビルや災害現場なんでもござれ。小笠原諸島に突然できた火山、西之島にもかり出されたの」

あの海の孤島か。

「西之島では新しい火山灰も採取したのね」

「え、噴火している場所でですか?」

「機体に掃除機を吊り下げたんですよ。電源オンにしたままで」

掃除機って普通に使う掃除機か。あれをどうやって？

わたしはひと息ついた。

「どこで、こんなすごい人と知り合ったの」

「訊きたいことが山ほどあって、ゲーセンに誘ったんよ」

「ゲーセン？　このスーパープロフェッショナルを？」

野口さんは目尻にしわを寄せた。

「熱心に話しかけられましてね。実は私もゲーセン好きで」

ツムギは大学生の時、フライト・シミュレーションゲームにのめり込んだ。さらに本物を操縦したくなり、新長田にあるパイロット訓練用施設のメンバーになった。羽田とか伊丹空港の進入路がマルチスクリーンに出てきて、正味の景色で飛ばしたり着陸したりできる施設だ。野口さんはそこのゲスト講師だったという。

「彼女は楽しい人ですね。そして不思議ちゃん」

世間の評価は同じみたいだ。

「今週、神戸で仕事があったんですよ。タイミングが合った、ということでありますが」

小さいが野太い声。太い首、厚い胸板。人の良さがオーラになっているよう。

「縁ですね。そう思いませんか、きらりさん」

わたしはなにをどう言えばいいか迷っただけで、小さな笑顔をうかべただけだった。

野口さんのドローンは《マトリス300RTK》という本格的なものだった。コントローラはスマホなどではない。左右に操縦スティックがある「プロポ」。一〇インチ液晶。受信画像はリアルタイムでパソコン画面にも表示され、わたしとツムギはそっちを見るという。みるからにプロ仕様。ドキドキする。電器屋にあった一番高いものさえ霞んでしまうほど。

「すごい、すごすぎる」

わたしはそんな感想しかなかったが、ツムギは訓練施設で触ったことがあるみたいだった。

ツムギは訊ねた。

「結局、これいくらかかったの?」

値段? さすが大阪の女。

野口さんはあっさり答えたのだった。

「機体やカメラ全部で三百万くらいかな」

わたしが目をくりくりさせていると、

「ともかく、飛ばしてみましょう」

野口さんはドローンを起動した。四つの羽が音を響かせる。

黒い機体は重力などないかのように、すべるように空へ向かった。

「おお」

見上げるわたしの頭上、ポートタワーのてっぺんへ。

地上一〇〇メートル。そして水平飛行。

中突堤、メリケンパーク、そこから沖へ。神戸大橋を横目にポートアイランド。わたしとツムギは目視で追っていたが、ポーアイは遠い。その遠いところへ飛んでいく。画面に目を移す。神戸学院大学キャンパスの芝生。ここから大学まで、五キロはあるはず。

プロポを握ったまま、野口さんは言った。

「どうですか。使えそうですか?」

「使えます、使えます。すごいです。ぜんぜんスムーズです」

大学の裏側は貨物のコンテナ基地。ドローンはそこまで飛んでからUターンした。そして一直線に中突堤へ戻ってきた。ゆっくり着陸。プロペラ停止。

女子ふたりが駆け寄った。君はエラい、と機体に触った。

野口さんは言った。

「夕陽の時間らしいね」

「はい、そうなんです」

「今くらいの範囲で飛ばせばいいのかな」

「範囲はじゅうぶんですが」

わたしが《ぽわんの場所》に立ち、わたし、新谷きらりがカメラを構えてこそ、昔の景色が現れる、など、いくつかの条件を説明した。

「きらりさんとつながる必要がある……」

「手をつないでおくとか」

「両手を使わないと操縦できないですね」

ツムギが言った。

「つながるのはどの部位でもよいと思う」

野口さんは戸惑う。

「部位？　肉屋みたいだ」

「野口さんがとにかく、きらりのからだのどこか、肩にずっと手を置いておくとか」

「両手で操縦しないと」

「じゃあ、足」

ツムギはまたアイデアを出す。

「脚をひっつけてみれば。ゆるくていいから、ヒモで結ぶ」

さすがに野口さんは笑った。

「二人三脚かい。小学校以来だよ。こけないかな」

「なにはともあれ、実験実験。こけそうなら、別のやり方考えましょう」

先週の結果をふまえ、次のような段取りを決めた。

・きらりと野口さんをつなぐ。足首をヒモで結ぶ
・こけるといけないので、強く引っぱったらほどけるようにしておく
・ツムギはきらりと手をつないでおく
・《ぽわんの場所》の範囲内に留まる。
・岸壁で操縦開始。それから税関が見通せる吉兵衛碑の南側へ（ゆるゆると）移動。

是非とも検証したいことは、

・きらりとつながっていれば、きらり以外の人がカメラを操作しても景色は見られるか？

ということだ。

野口さんに「マジックタイム」の気象条件、西風から無風への変化を説明した。

野口さんは風を勉強しているという。というか空撮パイロットは気象の専門家なのだ。

さらにいえば、勉強すればするほど、自然を崇拝するようになるという。

「自然の現象は無理がない。起こるべくして起こる。人間が制御しようなんて、ゆめゆめ考えてはいけない」

わたしは専門家じゃない。でも、夕陽が沈むころ、この海辺で、生田の磯で、舞う風がやむ時の訪れを知っている。それは無理のない自然現象なのか。起こるべくして起こっているのか。

時刻は五時。

ふだんより風が強い。風を顔で受ける野口さん、ゴワゴワした髭さえ揺れている。

「これが無風になるって?」

「はい、まあ」

海面に波が立ち、岸に白波が寄せている。

「にわかには信じられないね。気象学的にも」

高校の理科の先生にもそんなことを言われた。

とにかくセッティングを終えた。太陽が水平線にかかるマジックタイムは、三〜四十分後だろう。

待つ間、わたしの撮った《奇跡の一枚》と、先週撮影した動画を見せながら、いろいろ話した。

・わたしのご先祖に、新谷道太郎という幕臣がいる。
・道太郎は勝海舟の従者で、神戸海軍操練所の塾生にもなった。
・坂本竜馬に船の操縦を習った。
・薩長同盟の密謀にも参加した。

「すごいひとの子孫なんだね。しびれる話ばかりだ」

野口さんはツムギと訓練施設で知り合ったが、歴史ファンということでも意気投合した。ゲーセンだけでなく、刀剣展に連れだった事もあるという。

「だからこんなでかいの持ってきたんです。本物の坂本竜馬を撮影できるかもしれないなんて、大河ロマンだ」

夕陽が水平線に大きくなり、風がやんだ。

わたしとツムギは何度か経験した状況だが、野口さんは驚いたようだ。雲は動いている。

ここ生田の磯一帯、地上付近だけが無風になっているのだ。

「ほんとうに起こるんだ」

「さあ野口さん。お願いします」

「よし」

野口さんはドローンを舞い上げた。浜辺の上空、地上二〇〇メートルくらいへ。そこでホバリング。

パソコン画面には砂浜。かやぶき小屋、向こうに吉兵衛さんの船蓼場が映っている。

北への街道筋へ転回。民家、商家、山側は生田神社と生田の森。遠景は再度山《ふたたびさん》と諏訪山《すわやま》だろう。

野口さんの手が硬直したのか、震えているのか、微妙に揺れている。

「どうですか？」

野口さんは液晶モニタをにらみつけている。

「野口さん」

「……」

「野口さんってば！」

わたしは太い腕をちょっとつついた。

「制限時間は短いです。どんどん飛ばせてみてください」

野口さんは夢から覚めたように目を見開いた。


ドローンはさらに上空へ。そして六甲山系へ。

山に木々がない。はげ山だ。（謎。でも謎は後回し）

西へも旋回。兵庫の港。ユニオンジャックを掲げるイギリス船。（オルコット大使や通訳官アーネスト・サトウが乗り込んでいるかもしれない）

東へターン。生田川河口の小野浜。ドックに三本マストの帆船。旗印は三葉葵。海軍操練所が幕府から借りた練習船、観光丸ではないか。

「野口さん、操練所へ」

「操練所？」

「そこに見えてます」

ツムギが声を上げる。

「そこ、そこ。近づいて」

「わかった。メインターゲットだな」

野口さんはドローンを神戸税関の建物上空へ移動させ、そこでホバリングさせた。

瓦屋根の木造平屋。体育館か学校のような建物が映っている。まわりは砂浜。

これこそまさしく。

わたしの興奮は爆発した。

「操練所、海軍操練所！」

二人三脚を忘れて飛び跳ねてしまった。

「あれー」

外れるように結んだはずのヒモが引っかかった。野口さんを道連れに地面へひっくり返った。しかも、あろうことか転げながらわたしは、野口さんを小外刈りしてしまった。

「すみません、ごめんなさい！」

野口さんはふくらはぎの裏側を蹴《け》り飛ばされながらもプロポを離さなかった。

ところが、空を見上げてみれば、ドローンは消えていた。

わたしはあわてた。

しかし野口さんは地面に座ったまま、落ち着いたものだった。

「ご心配なく」

野口さんはモニタで状況を確認する。

「真下に着陸しましたね」

「どうしよう。えらいこっちゃ。墜落ですか」

「墜落じゃないよ、着陸。いつものことです。回収に行きましょう」

「回収って。税関ですよ」

ツムギも言った。

「たいへんや。逮捕される。スパイ容疑や」

野口さんは、いつものこと、なんて言ったが、税関に行ってみれば、パトカーが赤色灯を付けて走り込んできたのである。プロポを抱えた野口さんを見つけた制服警官が降りてきた。野口さんは原始人のような外見。

「ドローンはあなたたちですか？　通報がありました」

不安いっぱいのわたしたちだったが、野口さんは警官と話しはじめた。

警官は納得したのかしなかったのか不明だったが、野口さんを連れ税関の中へ入っていった。

パトカーからはもうひとり警官が降りてきた。玄関前で両足をひらいて立った。

ツムギがささやいた。

「やっぱり逮捕かな」

しかしわたしたちの心配をよそに、野口さんは十分ほどで出てきた。ドローンを抱えていた。警官も運ぶのを手伝っている。

警官は野口さんにあいさつをした。そして相棒とパトカーに戻ると走り去った。

わたしは訊ねた。

「え、どうなったんですか？」

「市街地を飛ばすのは許可がいるんだよ」

ツムギは言った。

「ひょっとして、お金握らせた」

あいかわらずとんでもないやつ。

「君はいつもおもしろいねえ」

野口さんは言った。

「国交省航空局に飛行申請は出してあります。書類を見せたら、それでオッケー」

「ほんとですか。でも、通報で警察が来たって」

「こういうの、電話する人がいるんだよ」

「でも、墜落したんでしょ」

「着陸だって。いちおう故障を確認しなきゃならないけど。心配しなくていい」

心配しなくていいなんてことはない。高級機が故障？　どうすればいい。

わたしは目を曇らせた。

「やっぱり、わたしのせいや。小外刈りなんか」

「君もおもしろいねえ。柔道やってるの？」

「いえ、そんなことはありませんが」

野口さんは明るい顔。

「とにかく、おふたりさん。これは、すごすぎだよ」

機材は無事だった。

で、パソコンで画像を再生したのである。

映像は、玩具ドローンとせんぜん違った。大河ドラマを見るような迫力、臨場感。

そしてこの高画質、正味の江戸時代なのだ。ＮＨＫだって信じられないだろう。

「きれいですねえ」

「きれいとか、そういうんじゃないよ」

わたしたちの感動と野口さんの興奮は質が違うようだった。

野口さんは、怒ったような、あきれたような、その間のような目になって、言ったのだった。

「いったい、これは、何なのですか？」

とにかく、わたしとつながっていれば、プロの操縦でもいけた。

わかったことを整理した。

・きらりが《ぽわんの場所》に立つ（必要条件）
・マジックタイムは夕陽が沈むころ、風がやみ、凪になるときの約十五分間（今の季節だけかどうかは不明）
・レンズの向きを変えても見られる（検証済み）
・吉兵衛さんが生きていた時代の景色が見える（他の時代も見えるのかは不明）
・《ぽわんの場所》は第一突堤海べりから北へ三〇メートルまでの範囲（らしい）。そこから動くと見られない。
・きらりとつながった人は同じ景色を見られる（検証済み）
・他の人でもつながれるか（要検証。野口さんはオッケー）
・動画撮影できる（検証済み）

・音声も録れる（要再検証）

野口さんというプロフェッショナルの参加で、さらなる検証もできる。

・どこまで遠くドローンを飛ばすことができるか。

「電波の伝送範囲は八キロメートル。バッテリーは二時間保つ」

「ぜんぜん問題なしですね」

重要な未確認事項がある。音声の問題。

「音声データはふつう、後編集で合わせる」

音声チームが別に録音し、空からの映像と組み合わせるという。

音は空から録ったものじゃないのだ。

わたしは訊ねた。

「じゃあ、地上の音は録音できないんですか」

「マイクを装着するだけだと、プロペラ音がうるさすぎる」

ツムギは思案顔。

「そういうことやないかも」

「そういうことやない？」

「プロペラの音は現代の音。録るのは昔の音。だからそれは関係なくなるでしょう。プロペラ音は干渉しない」

野口さんもはじめて気づいた感じ。

「そうなのか。ああ、なるほど。どうしようか」

「なんとかしてください。勝海舟と坂本竜馬がいる場面に出会ったらどうするんですか。何を話しているか聞きたいでしょ。どうなんです。野口さん」

「ツムギちゃん、顔がこわいよ」

野口さんは苦笑いする。

「そうだな。じゃあ、録音するときは近寄って、プロペラも止めよう」

「止めたら墜落するんじゃ……」

わたしが訊ねると、

「着陸するんだよ。建物の屋根とかに。二階くらいの高さなら、指向性マイクで地上音を狙えばいい」

「会話も？」

「音なら何でも狙える。マダガスカルでバオバブの木に着陸させたこともある。アフリカの青い鳥、ルリイロマダガスカルモズの声を狙うためにね。木の根元にはミーアキャットが集まっていて、にぎやかだった。動物たちの宴は、わいわいがやがや、たのしかった」

「へーえ」

わたしは感心したが、ツムギは言った。

「なんや、やったことあるじゃないですか」

「でも簡単じゃないよ。今回は」

わたしは訊ねる。

「今回は?」

「どこに着陸させればいいか、ってこと」

「それは、海軍操練所に着陸でお願いしたいです」

「だからだよ」

「だから?」

「操練所ってのは江戸時代だろ。実際は神戸税関だ。構造も違うし高さも違う。税関のいちばん高いところは七階だ。屋上に着陸させてプロペラを止めたとしよう。操練所は二階建てみたいだから、いまの七階部分には空間しかない。そこでプロペラを止めたら墜落してしまう」

「はあ」

「逆にモニタで江戸時代の景色を見ながら、ドローンを操練所上空から降ろしていくとしよう。何もないと見えた空中に、実際は構造物があったら衝突する」

「はあ」

「どっち時代の、どこに着陸させればいいだろうね」

たしかに謎すぎる。

「アインシュタインだって、四次元空間を規定できたわけじゃない。とはいえ、どちらにしても、誰か、人物をとらえてみよう。高性能ＡＩの顔認識機能を、ドローンのカメラと連結すればいい」

「それは、どういう仕組みで……」

「ターゲットを画像認識でロックできるということ。オートフレーミング機能というのもあって、ロックした人物を、画面のセンターにとらえ続けながら飛行できる。深層学習って聞いたことあるかな。様々なジェスチャーデータも保存し、違う場面で登場しても、違う服装で登場してもターゲットを追尾する。とにかく、この人物と決まればロックし、捉え続けて自動操縦できるんだよ」

「ということは、もし、幕末の志士を捉えたら」

想像の翼が広がる。

「ターゲットロックすればいい」

「勝海舟とか、坂本竜馬だったら」

「もちろん追いかけるさ」

「近くに着陸できたら」

「声を聴ける？」

「マイクを向けてみよう」

「すごい！」

夕陽はとっぷり落ちた。あと一時間もすれば、神戸の街は光で彩られる。百万ドルの夜景。

わたしは思いついたことを訊ねてみた。

「しろうと考えですけれど、かつての海軍操練所のとある場所が、いまは神戸税関の、たとえば玄関と同じ場所なら、そこに着陸できませんか？　百五十年前も今も、空間的な構成が同じだったとしたら」

「空間的な構成か」

「はい、時を経て違う建物になっているけれど、空間的な位置とでもいえばいいんでしょうか、なんというか」

「座標だね」

「座標ですか」

「空間座標ですよ。緯度、経度、高度で定義できる空間の一点。きみは科学者の視点を持っているよ」

「ほんとですか。はあ、すみません」

「時代と位置がわかれば、航路計算できるかな」

野口さんはしばし考えた。それから言った。

「君たちでも、ちょっと調べてみようか」

海軍操練所はじっさいどんな建物だったのか、写真や、なければ図面を見つけたい。

「そのうえで、神戸税関をロケハンしよう。入館依頼は出しておく。きらりちゃんが言ったように、絶妙な場所がちょうど玄関の屋根かもしれない」

野口さんは立ち上がった。

「調査よろしく。僕もいろいろ検索してみる。じゃあ、また明日」

「え、明日も来てくれるんですか」

「頼まれなくても来るさ」

「おう、おう、おう、おう」

わたしとツムギは妙な声を出し、軽くハイタッチをした。

大倉山の中央図書館は土曜の夜も開いている。とりあえず、操練所や生田の磯に関する資料だ。

海軍操練所に特化して調べたことはなかったが、地下フロア全部が地元に関する倉庫で、わたしが絶大の信頼を寄せる幸恵さんもいる。小学生のころからの友人だ。幸恵さんは五十歳を超え、友人とはおこがましいが、光も射さない地下倉庫に通う女学生の情熱に付き合い続けたせいか刀剣沼にもはまり、わたしが行くと、待ってましたとばかりの笑顔になる。

最近はLINEでやりとりしていたので、さっそく操練所の図面を問い合わせた。すると土曜日にもかかわらず居残り（サービス残業）して資料を出してくれたのである。

ただ、幸恵さんは撮影に参加していない。昔の景色をまだ見ていないのだ。

わたしは何度も説明したが、幸恵さんは信じているのか信じていないのか、態度ではわからない。

「そのうち、ぜひ見せてね」

と言いながら仕事はしっかりしてくれる。

必ずや彼女も磯へ連れていこう。沼の仲間だ。

ツムギはまたうちに来た。夜もとっぷり更けていたが、お母さんは「仲がいいのね」と言い、きつねうどんを作ってくれた。

九

神戸海軍操練所に塾生は二百人ほどいた。そのうち数十名の名前と出身、人物評を資料に見つけた。

操練所教授トップは幕臣の佐藤与之助《さとうよのすけ》。

後に初代連合艦隊司令長官となり、黄海海戦の指揮をとった薩摩藩の伊東祐亨《いとうすけゆき》。

紀州の陸奥宗光《むつむねみつ》は後の外務大臣だが、塾生時代は生意気で浮いていたらしい。

竜馬に誘われ土佐から出てきた望月亀弥太《もちづきかめやた》、近藤長次郎《こんどうちょうじろう》、北添佶摩《きたぞえきつま》。この三名は幕末の風雲に倒れることになる。

塾生以外にも、勝に寓居を提供した兵庫の豪商、生島四郎《いくしましろう》。

もちろん網屋吉兵衛、そして新谷家のご先祖、勝の従者だった新谷道太郎。

誰がどんな顔をしているのか、はっきりと写真が残るのは勝や竜馬くらい。あとはあやふやな資料ばかり。見当がつかない人のほうが多い。

でもわからないからこそいい。この調査でわかれば、歴史的発見になるではないか。ターゲットロックしよう。行動を追えば、驚きの場面にきっと遭遇する。

吉兵衛さんが開設した当時の船蓼場の図面も見つかった。

図面にはポンプ場、ドック、堀割所という表記も見える。建物の広さを示す数字も記入されている。母屋は海に沿って東西幅百六十五間、南北五十九間、入江の幅四十六間。

「一間は、一八二センチだわ」

神戸開港百五十年を特集した新聞に、建物のことを書いた記事があった。

「勝海舟が幕府に設置を進言し、若い日の坂本竜馬が学んだ神戸海軍操練所。わずか一年で閉鎖されたが、操練所を建てた船大工たちはそこに残り、英国領事館に転用されてからは従業員として働いた。先進的な造船や西洋の建築技術を吸収。維新の神戸開港から旧居留地の外国人住宅などを数多く手がけた」

そんな折も折、幸恵さんからＬＩＮＥメッセージが来た。

「塾長の部屋は海に面していて、坂本竜馬はそこから海を眺めたらしいです。あくまで『らしい』の注釈付きですが、海に面しているなら、そりゃあ眺めるわよね。ご参考まで」

幸恵さん、すごい。

ていうか、個人的感想付き。マジ沼にはまった？

神戸海軍操練所の絵図の写しを、野口さんが市立博物館で手に入れてきた。

「博物館とはどこも、仲良くさせていただいているからね」

竜馬が部屋から海を見たという窓はどれだろう。

野口さんは絵図面を検証する。

「神戸海軍操練所は、二茶屋村出身の網屋吉兵衛が私財を投じてつくった船蓼場の構造を利用した。総面積は約一万七千坪。昔の生田川河口の西側、神戸村の東。明治元年に神戸が開港した時、この場所にはアメリカ領事館が建った。神戸海軍操練所は一年と半年しか存在しなかったわけだ。あっという間の歴史だね。そして、われわれはその一年半に迫ろうとしている」

「はい、そうです」

「竜馬の肖像写真を画像登録しておきましょう。勝海舟も。他も顔写真が残っている人物は全員」

野口さんは言った。

「顔認証技術は劇的に進歩をしている。坂本竜馬がいたら即ロック・オンだ」

「それでお願いします！」

興奮したまま家に帰り、晩ごはんになった。

母もいっしょに食べたけれど、わたしとツムギが何の話をしているかさっぱりわからなかったらしい。

そこへ野口さんからメッセージが来た。

「明日は午前十時に税関前で集合。マジックタイムに向けて準備をしましょう。飛行許可は取りました」

ツムギもわたしのスマホを覗き込む。

「土曜日の夜に許可取った？　国交省に？　やる気満々や」

ふたりは盛り上がったまま話し込み、ツムギはまたわたしの部屋に泊まった。

で、布団に入って消灯したところ、ツムギが言った。

「ねえ、ドローン飛ばしてみよ」

わたしはむにゃむにゃ答える。

「明日ね、明日、楽しみやや」

ツムギは布団から抜け出して電灯をつけた。

「なんなんよ、もう」

ナノドローンを空中に浮かせた。そして壁に貼ってある竜馬の顔の前でホバリングさせた。

ツムギは言った。

「な、こうやって竜馬に迫る」

「明日は野口さんのドローンやんか」

「それはええねん」

なにがええねん。気の高ぶりはわかる、わたしだって同じだ。でも眠たいし。不思議を超えて迷惑なやつだ。

ドローンは空中。竜馬の顔をスマホ画面に映し出している。

ふうん、なるほどなあ。

と、気づけばツムギは布団にもぐりこんでいた。

もう。


日曜日。税関にいるのは警備員さんだけだった。きれいな中庭の芝生もわたしたちの独占。

空は青空。ピクニック気分。

見つけた資料を広げた。小野浜海岸、小野浜ドック、操練所の写真、平面絵図。

「正確な緯度経度は、この資料からはわからない。地形も、目の前が砂浜だった百五十年前とは違うだろう。神戸税関がかつての操練所だったことは間違いないから、座標を検証していこう。空中の座標だ」

「ドローンを飛ばして調べるんですか?」

「もちろん。そのためにまずは海軍操練所の高さの見当をつける。それでこの写真だけど」

木造校舎のようであり、船倉庫のような建物だ。

「おそらく、一般的な木造建築だろう。男性が三人並んでいるね」

マント姿に角帽、羽織姿にソフト帽、もうひとりは軍服に制式らしき帽子をかぶっている。写真に説明書きはないが、足下は砂浜らしく見える。操練所の裏にあたる場所だろうか。

「地面から軒まで、そして屋根のてっぺんまでの距離を想定するとすれば」

ツムギが言った。

「当時の日本男子平均身長は五尺一寸です。一五三センチ」

竜馬好きのわたしは言った。

「勝海舟はそのくらい。でも坂本竜馬は五尺八寸。一七五センチ」

「まあ、竜馬はともかく」

野口さんは写真と図面を交互に眺める。

「写真の三人を平均の一五三センチとしてみよう。とすれば、屋根までは軒下で六メートル、高いところで八メートル。となりの平家は三メートルくらい。屋根より高い樹が二本生えている。欅だろう。低いほうで一二～三、高いほうは二一～三メートルというところ。枝も張っている。現実の樹木なら目視で着陸できる枝振りだけれど、時を超えての着陸だからね。さてさて」

野口さんは立ち上がった。中庭から全体を見渡す。

正面玄関は四階建てだが一部分は塔になっていて七階まである。中庭を挟んだ反対側は七階建ての円形ビルで、四階建てビルとテラスで連結されている。

野口さんは初期のケータイ電話のような機器を取りだした。高度計だという。レーザーを照射して地上からの高さを測る。

「テラスの高さは八・八メートルだ。いくつかの場所を、こうやって調べていく」

「わかった」

ツムギが言った。

「着陸の候補場所を見つけるのよね」

「ご明察。まずは海側のテラスから。確かめに行こう」

登ってみた。

かつてこの真下は波打ち際だった。いまは大型トラックが走る車道になり、波打ち際は護岸され、大型客船が発着する。

野口さんは先ほどの計器を手に、テラス、ベランダ、庇などを測った。空調設備が集まるユーティリティも、ドローンが着陸できる広さがあれば測った。午前中に十カ所。昼食をはさんで、午後も三時間かけて測った。

芝生に戻った。わたしとツムギは並んで背中からひっくり返った。

ふたり同時に背伸び。

野口さんはパソコンに数値を入力した。そして言った。

「じゃあ、飛ばしてみようか」

「え、いまですか?」

わたしたちは背を起こす。ツムギは言った。

「マジックタイムにはまだ早いですよ。それに、天気も」

昼過ぎまでの青空はどこかへ行ってしまった。予報では、雨になるのは夜遅く、ということだったが、空一面雲に覆われている。通り雨でも来るのだろうか。

わたしは訊ねた。

「ドローンは雨も大丈夫なんですか」

「基本は飛ばさない。防水仕様をほどこしたり、水面着陸用に改造したこともあるけれど、ここはそういうシチュエーションじゃないし。とにかく、今日はテスト飛行だ。さっとやっちまう。夜には東京へ戻らなくちゃならないしね」

「何のテストですか？」

「自動運転さ」

「自動運転って」

「僕に任せておいて」

野口さんはドローンの接続を確認し、そしてパソコンのキーボードを叩いた。

「さあ、第一の場所へ」

ドローンは舞い上がり、最初に登ったテラスに着陸した。

野口さんはプロポを握っていなかった。パソコンへの数値入力だけで、ドローンは飛んだのだ。

同じように第二、第三〜十番目と、ドローンはそれぞれの場所へ正確に到着した。

雨が落ちてきた。

ぽつり、ぽつり。空はますます暗い。

「このくらいの雨なら続けられるけれど、候補場所をいくつか特定できた。終わりにしよう」

「うまくできたのですか」

「重要な実験だったよ。これで次へ進めるけど、今日の数値を相談したい大学の先生もいる。続きは週末ね」

わたしは目を見張った。ツムギはもっと驚いた。

「野口さん、今週は小笠原じゃ」

「そうだよ。今日の深夜から」

「今夜！　で、週末にまた来る？」

「ちょうどいいんだよ」

わたしも訊ねた。

「何がちょうどいいんですか。小笠原諸島から神戸ですよ」

「そうじゃない。相談したい相手は空間数理モデルの先生で、彼も小笠原探検隊なんだ。船の上でじっくり相談できる」

「それがちょうどいいんですか」

「僕についた火を彼にもつけてやる。とんでもない火がつくぞ、きっと」

「はあ」

「彼も週末は神戸にいるさ」

妙に張り切る野口さんだった。

わたしは恐縮してしまった。

これでいいのかなあ。

わたしは鼻のあたまを爪で掻いて、苦く笑うだけだった。

十

野口さんが呼び込んだ新しい仲間は、東京工業大学で空間数理情報を研究する上田吉彦准教授だった。

色白、ぽっちゃり体型、丸顔に剃り込みを入れた角刈り。着ているものといえば、白無地ハイネックのジャージーに灰色のスーツ。黒いケミカルシューズ。体型的にも顔面を含めた全体的にも、魚屋か八百屋のおっちゃんの外出スタイルのように感じた。(そんなスタイルがあるかは知らなかったが)。肌はきれいだけれど老け顔。いったい何歳なのか。

そして野口さん、髪を短く、髭をさっぱり剃っていた。日焼け肌に剃りあとが青い。キツネ目やったんや。いまさらのように目が鋭く見える。

「どうしちゃったの」

ツムギは真意を訊ねたが、わたしは野口さんの顔に、そして野口さんが上田先生と並んだところに、誰と似ているのか明らかにわかったのだ。ツムギもわかったようだった。

「ミルクボーイや」

私は破顔してしまった。

「ほんまや。内海と駒場」

野口さんは照れた。

「ひげ剃ったら急に言われたよ。小笠原調査隊でも」

「コーンフレークのネタやって」

相変わらずのツムギ。わたしは、

「エヘン」

と咳払いをしてツムギの袖を引いた。

「仕事をしてもらいましょうね」

上田先生は数理情報を画像化する専門家中の専門家だという。ファッションセンスは底辺に見えるが、頭脳とルックスは関係ない。

小笠原探検に加わり、未開の西之島をデジタル画像化している。

西之島は火山島だ。噴流は現在も島の形を大きく変えるほど活発で、溶岩流《ようがんりゅう》が海岸を超えて広がり続けている。

上陸できるのはほんの一部。そこでドローンとなるのだが、空中にも噴流《ふんりゅう》があり、目視操縦できないエリアがある。上田先生が航路を計算し、ドローンを自動運転させて撮影する。それを繰り返し、島の姿を明らかにしていく。

上田先生は高校生の時、東工大のスーパーコンピュータを利用できるイベント「ＳｕｐｅｒＣｏｎ」で一位になったという。ＡＩ将棋のプログラムで一億手から最善手を予想し、当時の名人位と対局したのだ。

日本で、いや世界でも最高レベルの、ドローン撮影コンビということだ。とはいえ、ふたり並ぶと、かなりおかしい。

野口さんは「最高の相棒だよ」と、メタボな上田先生の肩を叩いた。

ツムギはまた言った。

「ミルクボーイや」

上田先生はツムギのツッコミには反応しなかったが、疑いが混じったような、混じらないような笑顔を浮かべている。上田先生は言った。

「とにかくさ、よくわからないまま連れてこられたんだけど」

わたしに話しかけた。

「で、君がきらりちゃんか。網屋吉兵衛の子孫だってね」

「よくご存じで。でも子孫かどうかは、たぶんです」

「たぶん？」

「曾祖母が網屋家に嫁いだので、系統的にはつながるんですが」

「ほな、子孫やないか」

「系図とかはないんです」

「ほな、子孫とちがうか」

なんやこの人。ミルクボーイ言われて喜んでるやん。へんな関西弁使わんでええし。

あきれたが、上田先生は話を戻した。

「で、僕はなにをすればいいんでしょう。野口さん」

「とにかく、もうすぐ夕陽がやってくる。そして風はやむ」

「はあ」

青春ドラマのようなセリフに、上田先生はため息のような相づちをうったが、夕陽は大きくなり風はやんだ。

そして上田先生も、昔の神戸を見たのだった。


撮影動画を確認したあと、上田先生は岸壁に立ち、黙って海を見ていた。

わたしたちは話しかけず、離れた場所で反応を待った。

上田先生はもどって来て言った。

「AI将棋どころじゃない。野口さんの仮説、やってみましょう」

わたしは訊ねた。

「野口さんの仮説って」

「それは、簡単にいえば」

上田先生が説明した。しかし、時間、空間、座標、計算、モデリング、とか、ぜんぜん簡単じゃない。

「うーん」

わからん。うなるしかない。

「きみたちには説明じゃなくて、実地に見てもらうほうがいい。とにかく、やってみましょう」

「そうなんですね、はあ」

わたしの頼りない受け答えに、野口さんは言った。

「実験は明日だ。今日のところは夕飯に行こうか。上田先生も、あんまり神戸に来ないしさ」

ツムギが訊ねた。

「上田先生は、何が食べたいですか」

神戸らしい店ならどこかなあ、とわたしも思案を巡らせたが、上田先生は言った。

「僕はいいよ。すぐに計算してみたいから。晩メシは、このアドレナリンでじゅうぶんさ」

神戸大学の計算センターを使わせてもらう、と言い残し、さっさと行ってしまった。

「三度のメシより、ってやつだね」

「わたしたちは明日に備えて力を付けましょう」

と元町高架下商店街、おばあちゃんが一人でやっている焼肉屋へ行った。安くて最高においしい穴場。しかし、野口さんは赤身肉をちょっと食べただけだった。あとは肉をあてにプロテインを飲んでいた。

「せっかくの焼肉なのに。コウベビーフですよ」

「ごちそうの定義を知ってるかい？」

野口さんは言った。

「からだが喜ぶものということだよ。僕の場合は筋肉がよろこぶものだ」

「ふうん」

女子ふたりは生返事をしただけだった。そしてもちろん、お肉をたらふく食べた。


明くる日は午後三時に集合した。

上田先生は昨日と寸分違わない服装をしていた。ひげは剃っていない。もみあげがささくれている。

「ひと晩中計算していたんですか?」

わたしは訊ねたが、

「ちゃんと寝たよ。元気いっぱいさ」

じゃあ、なぜ着替えていないのだろう。

上田先生がわたしに近寄った。一歩離れた。上田先生は気配を察したかのように、

「風呂にも入ったよ。パンツも替えたし」

と笑顔を作った。

変な人。でも妙な迫力。負のオーラではない。何のオーラか。

疑問はあったが、訊ねないことにした。

そしてこの日、野口さんがまた、おかしかった。

縦縞柄のスーツを着ていたのだ。

「気合い入れようと思ってね」

漆黒のシャツに、赤いネクタイ。ベルトと靴はどちらも白く光っている。まじか？

「漫才の衣装みたい」

ツムギはまたミルクボーイを思い起こしたようだったけれど、わたしは違うことを思った。

ここは神戸。

「警察が来ますよ」

「え、どうしてかな」

「だって、いかにもじゃないですか」

上田先生は、パソコンをいじっている。何を着ているかなど、まるで興味がない顔。大学の先生らしいことだ。

ツムギはわたしのことばににやついた。何か言ってやろうかと、思案げな目をしたが、野口さんが咳払いをした。

「さて、では、はじめますよ。今日は重要なテストです」

野口さんは言った。

「税関施設のなかで、安全に着陸できる場所を見つけます。上田先生と手順を決めました。ツムギちゃん、にやつくのはやめましょう」

「にやついてなんて、いないよーだ」

タメ語。子どもか。

「ツムギちゃんには、飛行確認を手伝ってもらいます」

「飛行確認って、私が？」

マジ目になるツムギ。

「本格シミュレーションやってるじゃない」

「あれが役に立つ？」

「操縦の仕組みをわかっているだろ。だから手伝って」

「ふうん、わかりました。ラジャーです」

「税関の中庭でスタンバイしてもらう。スマホを通信状態にしてこちらの指示を聞きのがさないように」

野口さんはツムギに、さらに説明した。

「ドローンは指定された場所から操縦しなければならない。目視で税関上空から中庭へ下降させるが、ビル陰に入れば画面を見ながらの操縦になる。画面には江戸時代の海軍操練所が映っているだろう。さあ、ここからだ。第一の場所、第二の場所…第十の場所とテストしていく。僕は画面を見ながら、着陸点を見定め、手動で誤差調整しながら着陸させるつもりだ。しかし現実の空間には、計算外のものが存在するかもしれない。突起があったり、壊れていたり、鳥が飛んできたりとか。君は中庭に立って、現実の飛行を目視しながら危険を察知してほしい。その手順で第十の場所まで順に飛行する」

わたしはテクノロジー的な説明が半分もわからなかったが、ツムギはふんふんとうなずいている。集中力が高まった目だ。

野口さんと上田先生は機器の接続を確認した。

「じゃあ、スタンバイしようか」

「ラジャーです」

ツムギは税関へ。

西の空が朱くなっている。

わたしのスマホに着信。スピーカーモード。

「こちら税関中庭。聞こえますか？　オーバー」

オーバー、なんて無線機のやりとりみたいと思ったが、野口さんもツムギのノリにあわせた。

「音声良好。じゃあ、第一座標のテラスへ上がってくれ。オーバー」

「ラジャー」

それから数分。

「着きました。オーバー」

「では、ドローン発進。オーバー」

「ラジャー」

ドローンが舞い上がった。国道から税関へあっという間に移動。十秒くらいか。税関ビルの上空でホバリングした。

画面は操練所。真下に捕らえている。高い欅の先端がモニタの前面。

上田先生が数字を読む。

「樹の頂上から一〇・二二メートル北側上方で停止中」

「さあ、移動させるよ。まずは第一座標。ツムギちゃん、報告よろしく」

ドローンは超スローで下降。景色は操練所の正面玄関に近づいていく。

ツムギの報告。

「まっすぐ降りています。障害物なし。オーバー」

上田先生が数値を読み上げる。

「テラスの中心から五・一五メートル海側」

ドローンは下降する。

「テラスにまっすぐ着きそうです。オーバー」

上田先生が数値を読む。

「三・三メートル」

さらに下降する。

「二・六メートル」

ツムギ。

「テラスの床に接近中。オーバー」

上田先生。

「一・八メートル」

野口さん。

「ホバリングさせる。オーバー」

ツムギ。

「目の前にいます。オーバー」

野口さん。

「そのまま床に下ろせるかな。障害物は？　オーバー」

「障害物ありません。オーバー」

「じゃあ、ホバリングしているドローンの真下に入れ。取っ手を掴んだらプロペラを止める。ゆっくりと地面へ下ろせばいい。オーバー」

「ラジャーです」

わたしが見ている画面には木造の屋根が映っている。そこへカメラが近づいて行く。はやぶさ2が小惑星りゅうぐうの表面に接近する場面みたいだ。

ツムギの声。

「掴みました。オーバー」

野口さん。

「プロペラを停止させるよ。オーバー」

「着地させました。問題なしです。オーバー」

上田先生が言った。

「興味深い数値だ。じゃあ、次へ」

「ツムギ、ドローンから離れて。オーバー」

「ラジャーです。オーバー」

ドローンは再び舞い上がる。ツムギも第二の場所へ。

この手順をくり返し、二時間で十カ所すべてをテストした。

「計算通り着陸できたところは二カ所です。あとの八カ所は位置がずれましたね。後ほど検証してみましょう」

野口さんは税関へ向かった。ドローンを回収し、ツムギと話しながら戻ってきた。

任務を終え、安心しているような笑顔だった。上田先生はその間も画面の数値をにらみつけるようにしながら、キーボードを打っていた。


夕食は南京町の伊藤グリルへ行った。中華街で洋食は、

「ツウのオススメ」

なのだ。

自画自賛で先生ふたりを案内した。予想に違わず、上田先生は名物のビーフシチュウに舌鼓を打った。顔がうれしさにあふれている。よかった。でも上田先生のうれしさの根っこは、実験でわかった座標値だったのである。

「数学者冥利につきます」

「そうなんですか」

「だって、そうでしょう」

なにが、だってそうなのか。

「ドローンは現実空間に存在する物理構造体だ。神戸税関も現実空間に存在する物理構造体。ここまではわかるね」

「はい、なんとか」

「ドローンは野口さんが測定した座標に向かって飛行した。ここ重要。よく聞いてください。飛ばしたのは現実の空で、カメラが映し出したのは百五十年前の景色ということ。僕は画面を確認しながら、『飛行航路をマークしていった。すると計算値と実測値に乖離があることがわかった。当然予想していたことだけれど」

「でも、着陸できたじゃないですか？」

「第一と第七の座標だ。乖離が誤差の範囲に収まっているからだと思われる」

野口さんが言った。

「その二カ所は使えるということだよ」

「でも野口さん、完璧ではありません。自動運転するなら精密な計算が必要ですからね。誤差を極小化して航路を再設定していきましょう。過去百五十年分のずれを積算して補正すれば、着陸点と航路をはじき出せるはずです」

ツムギが訊ねた。

「百五十年分のずれって?」

上田先生が説明した。

「ひとつは、地球の自転軸は時間とともにずれるということ。ふたつ目は地殻変動だ。たとえば阪神・淡路大震災では明石海峡の地殻が一メートル動いたことがわかっている。阪神間だけでも江戸末期から今日までマグニチュード七規模の地震は五回。関東大震災や東北の震災からも影響を受けている。大地震のなかった年でも、一年間で三〜四センチ程度地殻は動くんだよ。その百五十年分の地殻変動データを計算式に放り込む」

またむずかしくなってきたが、単純に質問した。

「安全に着陸できるということですか」

「おそらく確実だろう。『おそらく』と『確実』という言葉を交ぜるのは論理的ではないけれど、時代を超えるからね。よしとしましょう」

まだまだ、よくわからないが、音はどうなるのだろう。

「着陸できたら、プロペラを止めて録音できますね」

それには野口さんが答えた。

「接近できればクリアに録音できるだろう。声でも人物をロックできる」

わたしとツムギは見合った。

「それが坂本竜馬なら」

同時に言った。

「会話が聞けるかも！」

なんてことだ。

野口さんが訊ねた。

「でも修正計算は複雑だよね。データ量が半端ないだろ」

上田先生は、ノートパソコンを指しながら言った。

「もちろん、このパソコン単体では太刀打ちできない。無理」

「じゃあ、どうするんですか」

「だから僕が呼ばれたんですよ。ね、野口さん」

野口さんは笑顔だ。上田先生は言った。

「神戸にはスーパーコンピュータがある。じっさいここは熱いロケーションだ」

「熱い？」

「すぐそこに日本最高のスパコンがあるだろ」

「スパコンって、まさか『富岳』？」

「『富岳』なら、百五十年分の誤差計算も、全ＣＰＵの一〇％を稼働させるとして、十日くらいでやっちまうだろう。そのくらいのスピードかな」

性能のスペックはちんぷんかんぷんだったが、

「使えるんですか」

「はいな。だいぶ前からネット経由でも使えているし」

「ネット経由？　なら熱いロケーションって？」

「すぐ近くに『富岳』の現物があるんだよ、熱いじゃないか」

う～ん。でもなるほど、としておこう。

上田先生は言った。

「じっさい西之島プロジェクトでも借りている最中なんだ。理研には学生研究者が研修生として、研究者同様に『富岳』を利用する事例もある。どんな研究か申請して、審査に通って、計算結果を公表すればいい」

「申請ですか。通りますか？　ドローンで昔の神戸を見るなんて」

「君の名前で申請すればいい。高校生からの申し込みはまずないだろうから、興味を持たれるんじゃないか」

「わたし、高校生じゃないですけど」

「そうだったか」

あほか、このひと。

「まあ、高校生みたいなもんだ。ははは」

無視して質問を続ける。

「でも、どんなふうに申し込むんですか。地元神戸の歴史研究なんて、ありきたりすぎるし、なんで『富岳』って訊かれても答えられない」

「正直に、具体的に書けばいいのさ。神戸海軍操練所の実態解明ってタイトルはどうかな。簡易図面しかないものを、百五十年間の変化を積算して数理モデル化する」

「そんなむずかしい企画書、書けませんよぉ」

わたしの返事に、上田先生は言った。

「僕が新規申請するかな。若手課題として設定してもらう」

どちらにしても、スパコンを使えるらしい。わたしは驚きながらも、感動した。

ツムギも上田先生を見つめている。でもそれは『富岳』を使うとか、そんなのではなかった。疑いのまなざし。

「若手課題って先生、いったい何歳なんですか？」

そこ訊くか。

でも、どうなんだろう。角刈り頭の老け顔、メタボで、全体的にしょぼくれている。

三十歳？　四十歳、ひょっとして、五十？

「僕ですか。二十九歳ですよ。それが何か」

わたしとツムギは息を止めた。

上田先生は歯茎をニッとのぞかせてから言った。

「なんだよ。照れるじゃやない」


次の週、ふたりはまたやって来た。ツムギとわたしのほうが、男子二名の勢いに引っ張られる感じになってきた。

ポートアイランドにある、理化学研究所計算科学研究センター集合と知らされていた。

全国的に有名な施設だけれど、縁のない女子が行くとしたら社会見学くらいか。わたしとツムギもはじめての訪問だった。ネット経由で『富岳』にアクセスできるらしいが、

「一度見ておいたらどう」

と上田先生の勧めもあったから。

ポートライナーの駅から建物へ。入ってみれば静謐なオフィス。でもなんか重厚。

理研メンバーの方が案内してくださり、施設内の一室に入った。

上田先生が準備を整えていた。

ドローンの飛行航路を計算したうえ、説明用の動画を作っていたのだ。

「海軍操練所の着陸ポイント二カ所を特定し、《現実の空》における飛行ルートを確定しました。自動運転でポイントに着陸できます」

「マジなんですね。すごい！」

わたしの笑顔に励まされでもしたものか、上田先生は得意げである。

「まず百五十年分の地球自転軸全データを入力して、数字をはじき出したんだけれどね、それは十分間くらいでできたかな」

「たった十分？　それは『富岳』を使ったから？」

「そうだよ」

それがどのくらいすごいことなのか、実感がなかったが、わたしはツムギとアイコンタクトした。そして揃って、

「とても素敵です」

と驚きを表してあげた。上田先生はさっそく喜んだ。

「地球の自転軸推移がアメリカの地球物理学連合の公開データに見つかったんだ。数値を入力したらそっちの計算は瞬殺だった。しかし地殻変動のほうは簡単じゃない。過去三十年分のデータは国土地理院から引っ張れるけれど、電子基準点が設定される前、百二十年相当分の地殻変動は逆算してみるしかない。そこでこそ『富岳』だ。想像上のものを飛行シミュレーション技術で映像化できたのは『富岳』ならでは」

電子基準点とか不明だが、とにかく、

「映像で見られるんですか、マジで」

「はい」

「すごい！」

上田先生はキーボードに手を置いた。

野口さんと女子ふたりは構えた。

「では、ご覧あれ」


ドローンの飛行シミュレーション動画がはじまった。

吉兵衛碑《きちべえひ》の南側から離陸、まっすぐ上空へ。視点が百五十年前の神戸に切り替わる。西は兵庫津、東は小野浜。北は諏訪山。西国街道《さいごくかいどう》を飛び、神戸海軍操練所の真上へ。映像はドローンそのものをとらえた映像に変わる。ドローンは税関上空で数秒ホバリングしたあと、正面玄関真上の屋根に着陸する。

「こういうふうに、撮影できるだろうというシミュレーションです」

カメラはズームしたり、三六〇度回ることもできる。そんな一連の動作も映像化されていた。

上田先生が言った。

「これがすごいのはね、ただのアニメーションではないということ。ドローンの動きは座標と正確にリンクしている」

ツムギが訊ねた。

「すごいなあ。で、結局どの場所に着陸させるんですか」

「第七の場所だよ。中庭奥の、円形ビルの、四階部分に張り出した庇の上」

「そこが、操練所の玄関上と同じ座標になるということですか」

「その通り」

「時を超えて、点と点を結ぶということですか」

「点と点ではないね。バッファはある」

わたしは訊いた。

「バッファって？」

「誤差が許される幅のこと」

「誤差の幅？　むずかしいなあ」

「操練所の建物があったのは一年半だけれど、塾に人が出入りしていたのは一八六四年の五月二十六日から翌年一八六五年の三月十二日まで。史実としては短命だけれど、それでも九カ月間ある。ドローンが人物を捉えたならばそれは九カ月間のどこかに入るということ。そして九カ月の間にも緯度は動く。それがバッファだ。けれど九カ月間のMAX誤差を計算してみれば、変化幅は十数センチとわかった。着陸場所を点じゃなくて面にすれば、それもドローンがプロペラを広げた十倍ほどの面積があるテラスにすれば、位置がずれても安全に着陸できる」

上田先生は言った。

「こんなバッファありでオッケーな仕事なんて、楽なもんさ」

野口さんはたくましい腕を上田先生の肩に回しながら言った。

「いやいや楽なもんか。偉業だよ。上田先生しかできない」

わたしも感動を込めて言ってあげた。

「ドローンは歴史を超えた、わたしたちの目になるのですね」

上田先生は付け加えた。

「耳にもなるね」

「すごいです。かっこいいです。上田先生」

「そんなに褒めなくていいって」

上田先生はうれしそうだった。

十一

さて、いよいよ、本番。

夕陽を待って。ドローンを飛ばした。

自動操縦により、計画通りの航路を飛行し、まず街道の上空から画像を届けた。走水、二茶屋、神戸三村をつなぐ西国街道に、家々が軒を連ねている。道幅はせまい。旅人が通り過ぎる。小屋から飼い牛の角が出てきて飛び退いたりしている。

そこから海側へ旋回して操練所へ、第七座標のテラスに着陸した。

プロペラ停止。
カメラと指向性マイクを操練所の入口に向けて固定した。
全員、モニタに注目。
音も拾っている。
海の音、風の音、そして、
操練所から物売りが出てきた。続いて軍服姿。
何やら問答をはじめた。声をとらえた！

—りゅうのうがん、ひばようとう、しんぜんがんで—
—ごてはい　いただく—

「何のこっちゃ。わからんなー」
「せやけど、聞こえる」

声は続く。

―ねつにはまんきんたん、腹いたにはきんたいえん、はんこんたんは万病です―

―よしなに　たのむ―


「薬売りか」


薬売りは荷をかつぐと、街道筋へと向かった。

江戸時代のひとは足が速いと言われていたがまさにそんなだった。人にいうナンバ走り。小走りだが腕を振らない。

「あんなふうに走るのか」

軍服姿のうしろから武士も出てきた。

背中が割れた羽織に先広袴。髷を結っている。腰には大小二本差し。

ツムギが言った。

「武士の羽織に家紋が見えるよ。ズームアップして」

組みあい角に桔梗。近江《おうみ》の明智《あけち》家由来の紋。

「土佐藩士よ」

ツムギが目を見張る。わたしも目を見張る。

「誰？」

「わからん」

わたしたちはモニタをにらんでいたが、そこで景色は神戸税関に変わった。第七座標、屋上のテラス。

十五分間。あっという間だ。ドキドキするドラマの時間は速く過ぎる、そんな感じ。

ドローンを呼び戻す。足下に着陸。歴史を旅するドローン。

わたしはプロペラを撫でた。

「ういやつじゃ。ほめてつかわすぞ」

野口さんは言った。

「人物はメモリしました。あの武士も、何度か現れてくれれば、誰かわかってくるかな」

ツムギが言った。

「出入りの商人と話をしていたから塾の関係者だろうし、土佐藩なら二十名くらいにしぼられる。でもぜんぜん事前登録できていない顔だから、望月亀弥太や北添佶磨でもないわ」

わたしも勢い込む。

「望月も北添も池田屋の変で亡くなった。もしそんな人物が現れたら、その瞬間は一八六四年の五月と特定できる。ふたりはそのひと月しか神戸にいなかったから。ああ、すごい歴史学者になれそう」

「ターゲットロックで追いかけていこう」

要は、新しい人物が現れるたび画像認識していくということだ。

わたしは興奮を隠さずに訊ねた。

「坂本竜馬が現れたら？」

野口さんは言った。

「もちろん追いかけるさ」

「待って、無理、尊い」

わー、わー、わー。


翌日。あっぱれなほど晴れた。

そしてこの日、竜馬が現れたのである。

ドラマでもなんでもない、本物の坂本竜馬が、そこにいたのだ。

わたしたち全員、モニタに釘付け。

野口さんが言った。

「ターゲットロック。指向性マイクも始動」

現代人たちに詳細はわからなかったが、それは元治元年（一八六四年）六月、神戸海軍操練所が正式発足した翌月であった。

三年後、竜馬は幕末の風雲に倒れる運命にあるのだが、このときの竜馬は大海を想い、世界を想い、希望を胸に抱えていたのである。

竜馬は建物から砂浜へ出て、海を眺めていた。

わたしは、そんな竜馬を見つめていた。

第2章

十二

元治元年、初夏。竜馬は生田の磯に立っていた。

浜に建つ大鳥居のかなたに、竜馬が乗り出す大海がある。

小野浜のドックには《観光丸》が停泊している。オランダ製で、江戸幕府最初の洋式軍艦だ。勝も築地《つきじ》の第一回海軍練習生としてこの船で技術を習得した。幕府から佐賀藩に貸し出していたが、勝が根回しを重ねたうえ、竜馬が政事総裁職の松平春嶽《まつだいらしゅんがく》を口説いて神戸へ回航したのだ。

「よくぞぶん獲りましたね」

くちさがない陸奥陽之助の言葉に、竜馬は答える。

「ワシにぶん獲られて幸いよ。いずれ、この国の役に立つ」

三本マストの縦帆船。百五十馬力、艦載砲《かんさいほう》が六門ある。

船歴十四年。走らせると右へ傾く癖があり、舵《かじ》を調整しながら走らねばならない。

兵庫から紀州へ何度か走らせるうち、この船の難癖《なんくせ》がわかったが、それは竜馬の愛着になった。

「女もひとつやふたつの癖あってこそやきにゃ、ういもんぜよ」

「おりょうさんのことですね」

「そやあない」

竜馬はその時すぐに答えたが、たしかに、おりょうの癖は扱いかねる。

「坂本さん。素直になったがええですよ。素直こそ、世を変えられる」

「何を言いやがる。素直が遠い男のことばかい」

後世、名外務大臣として歴史に名を刻んだ陸奥だが、この時期は、口を開けば周囲と悶着を起こす二十歳の若僧でしかない。小才が効き過ぎ、人に好かれない質なのだ。竜馬にだけは話が通じると思っている。何かとあれば世情や、誰や彼やについての皮肉を垂れに来る。


その陸奥が、塾の裏口から出てきて声をかけた。

「坂本さん」

竜馬は浜に立っている。

左手を懐に、海を見たまま動かない。

「坂本さんってば、客人ですよ」

陸奥に続いて佐藤与之助と伊東祐亨も出てきた。

佐藤は幕臣で勝の門人、海軍塾の代表教授方を務めている。のちに新政府の技術者として新橋～横浜、神戸～大阪間などの鉄道建設に従事し、初代鉄道助に任命された。伊東は薩摩藩士である。塾は海軍に熱心な薩摩からの参加がもっとも多い。そのリーダー格で、日清戦争では連合艦隊司令官になったが、

「おいどんは坂本さんに海軍を習った」

と語った人物である。

ふたりのかたわらに商人ふうの男がかしこまっていた。

竜馬に歩みより、ふかぶかと頭を下げた。

「小豆屋《あずきや》の畠山《はたけやま》助右衛門《すけえもん》と申します。兵庫津《ひょうごのつ》の浜本陣《はまほんじん》で、薩摩藩の御用を務めさせていただいております」

兵庫津は行基《ぎょうき》が設けた摂播《せっぱん》五泊《ごとまり》（摂津国～播磨国にかけての五港）のひとつで大輪田泊《おおわだのとまり》として知られていた。平清盛が日宋貿易のために整備し、大坂入港の風待ち潮待ちをした古い港だ。室町時代には足利義満の日明貿易拠点として栄えた。江戸時代には諸藩の宿として用いられた大商人の邸宅が並び、浜本陣とよばれた。

一八二六年に兵庫を訪れたシーボルトは、

「十六の町があり一万六千人が住み、そばに港があって活気がある」

と述べている。また港の様子を
「港内には絶えず多くの大小の船舶が停泊し、港外には数えきれないほどの船が大坂に向っていく」

と記し、

「世界中探しても、ここほど船が往来している水域はない」

と感想を残している。当時の外国人の目にも繁栄した港と見えたことがわかる。

浜本陣の商人家は九軒。それぞれ西国諸藩と結びつき、物産品の販売や用達を引き受けていた。九軒のうち網屋家が五軒と最大であった。松山藩御用の網屋佐左衛門《さざえもん》、岡山・高松藩の網屋新九郎《しんくろう》、杵築《きつき》・延岡藩《のべおかはん》網屋左右衛門《そうえもん》、臼杵藩《うすきはん》の網屋三太夫《さんだゆう》、熊本藩の網屋惣兵衛《そうべえ》である。

福岡・松江・秋月・山口・宇和島・津藩は繪屋《かい》、肥前《ひぜん》屋は佐賀藩、久留米・府内藩の壺屋《つぼ》、そして薩摩藩の御用は小豆屋。

海軍塾には多くの薩摩藩士が寄宿していたので、小豆屋の丁稚が薩摩ご用で物品を届けてきたりと、しばしば出入りしていたが、主人自らやってくるのははじめてである。畠山は伊東から竜馬の滞在を聞かされ、あらためて挨拶《あいさつ》にやってきたのだった。

小豆屋の当主と知り、竜馬のほうが手を打った。

「畠山さんかい。そうぜよ、そうぜよ。こちらから、お訪ねせねばならんと思うちょりました」

「坂本先生がうちに？」

「私設海軍を作るがに、薩摩藩の力を借りることになったがぜよ」

「海軍ですか。うちは物産の中継ぎ御用所で、そろばん勘定だけが得手の町民でございますが」

「それこそがですよ」

「それこそ？」

「大砲より強い武器はそろばんぜ。勝さんは役目で海軍や砲台をつくったきに、わしも昨年、佐藤さんと明石の砲台を視察したが、大砲で世は動かん」

「はあ、そんなもんでございますか。わたしどもはものを売ったり買ったりしか能がおまへんだけで」

「維新を成すのは理屈もあろうが、土台を支えるのは物産じゃ。そろばん勘定ぜ。おんしら商売人の力こそ、お借りせにゃならん」


画面を見ながらわたしは言った。

「竜馬は神戸に海軍塾ができて、ほんとの意味での文武両道、というか商武両道になったのかもしれない」

もっと知りたくなった。それでこの頃のことをどんどん調べた。

幕末好きのわたしはますますのめり込んだ。

ツムギはツムギらしい好奇心から話に入ってくる。

図書館の幸恵さんが、わたしたちが気づかない角度の資料を見つけ出し、解釈を示したりした、沼の住人が三人。すてきなコラボ。

そうなのだ。幸恵さんもようやく昔の神戸に出会ったのだ。

彼女は最初の十五分を経験した日から三日間、夢に漂ってしまい、勤務中も謎のひとり言を話したりして気味悪がられたらしい。

わたしとツムギが話す。

「遡ること二年の文久二年、海軍学校というものを作るために、竜馬はまったくいそがしかった」

「竜馬の青春第二期よね。神戸が拠点で、江戸と京都を行ったり来たり」

「でも竜馬はいそがしくしようとしても、江戸時代のやかましい身分制度にがんじがらめ。しかも土佐藩」

「そうです。土佐藩は身分制度のやかましい藩でした」

幸恵さんは資料探しだけでなく（謎のひとり言も卒業し）いまや解説委員のようになっているのだった。

「関ヶ原そして大坂冬・夏の陣以降、土佐では勝った山内《やまのうち》家の侍は上士《じょうし》、豊臣方について負けた長宗我部《ちょうそかべ》家は郷士《ごうし》と上級・下級に分けられました。藩政に参加できるのは上士だけ。竜馬は郷士です。しかも脱藩中。でも海軍教育は絶対必要。正式に藩政として認めさせたい。そこで竜馬が目をつけたのは、家中きっての学者で名の響いている間崎哲馬《まさきてつま》でした。武市半平太と同志で勤王の志士です。竜馬は間崎が黒船騒動以来、弱腰の幕府に対して怒っているのを聞き知ってそこを攻めたのです。間崎は数カ月後の文久三年六月、その過激思想で切腹させられました。だから、竜馬が海軍学校建設の必要を力説し、土佐藩として『藩命で藩士を入校させる』という頼みを容れたことは、彼の人生最後の活躍だったかもしれません」

「なるほど。幸恵さん。歴史学者です」

「いえいえ、そんなこと。若い人からこんな機会をいただいて張り切っているんですよ。幕末という日本の青春時代に、あらためて心が揺れっぱなしです」

「わたしたちからチャンスだなんて、おこがましいです。基本的に青春時代というのが血を沸かすんですよ」

　幸恵さんはぷっと吹き出した。

「おかしいですか？」

「そういう言い方、長く生きた人が昔を懐かしむ言いまわしですよ。あなたたちは青春まっただ中。懐かしむには早いです」

「うへ、そうですね」

「竜馬の語る世界は広すぎて、間崎には法螺と聞こえたかもしれませんね。でも学校は日本の力になる。教育は必要。間崎も説得に応じました。竜馬と間崎、血を騒がせる根拠は違ったと思いますが、熱い志で時代を生きたのでしょう」

　そんな学者間崎のあっせんもあって、土佐藩は海軍の志望者を藩命によって塾に預けることになった。

文久三年の三月、幕府も正式な承認を勝に与えた。勝は将軍家茂と順動丸に乗り神戸へ向かった。海の上で勝は若い家茂に、

「攘夷攘夷と唱えても、外国に対抗する海軍力を持たなければ、外交交渉さえままならない。海軍を作りましょう。そのためには格式にとらわれず人材を育て、登用する必要がある。鎖国の時代は遠いのです。海軍創設のための人材養成機関をこの地につくっていただきたい」

と直にねだって許可を取ってしまったのである。同時に勝の私塾として海軍塾を併設する許可も取りつけた。

幸恵さんが資料を出す。

「幕府の人事発令を見つけました。原文で読めますよ。易しい内容ですから」

― 勝麟太郎　摂州神戸村海軍所、造艦所そのほか御取り建て御用並びに摂海防禦向き御用、これを仰せつける ―

「幕府は塾生を募集する布告も出しました。江戸時代を通して守り続けてきた門閥、格式を

破った画期的な内容です。時代の節目がわかりますね」

――摂州神戸村へ操練所お取り建て相成り候につき、京阪、奈良、堺、伏見に住居の御旗本、御家人、子弟厄介はもちろん、四国、九州、中国、諸家家来にいたるまで、有志はまかり出でて修行いたし、熟達者は御雇い、または出役等にも仰せつけらるべく。委細の儀は勝阿波守に承り合わるべく候――


能力ある人はあらゆる階層から発掘、挙国一致で世論を形成、という二つの大きな主題を敷いた宣言である。

「身分にかかわらず人材を養成するという正式辞令が出ました。勝や竜馬の理想実現へいよいよ乗り出すことになったのです」


竜馬は精力的に動いた。

攘夷だ、勤王だ、佐幕だと分裂し、殺し合うような愚を止めさせたい。世界は広い、視野を広げよ、そのためには船じゃや、おまんら、船を習いに来んか。船で朝鮮、上海、天津を見に行こうぜよ。

正月早々在京の知り合いをまわり、まずは土佐に縁のある人物を神戸へ連れていった。

高松太郎　竜馬の甥
沢村総之丞《さわむらそうのじょう》　竜馬と一緒に脱藩した地下浪人
望月亀弥太　幼なじみで親友の望月清平の弟
新宮馬之助　河田小龍《かわだしょうりょう》（ジョン万次郎漂流記をまとめた思想家）の弟子

勝も精力的であった。じぶんだけでなく、竜馬の動きを土佐藩士として正式なものにしてやる必要があった。そこで土佐藩主の山内容堂に談判し、脱藩の罪を赦免させた。


「勝というひとはほんとに真っ直ぐよね」

幸恵さんは続ける。

「山内の殿様は塾をいったん認めた以上、他藩の殿様も勧誘しました。海軍は土佐藩肝煎でやらせている教育機関と自慢したのかもしれません。因州《いんしゅう》鳥取藩主池田慶徳《よしのり》はそれを受けて勝に直接藩士の教育を頼んできました。でも塾生が増えたいちばんの理由は山内容堂の斡旋じゃない。あなたたちも言うように、幕末という時代が日本の青春時代だったってことじゃないかしら。青春は血を沸かす。青春の血に突き動かされて参加した人間が多いのよ」

ドローンは人間が増えていく塾の様子をとらえ続けた。言い争いや喧嘩の場面、刃傷沙汰さえ映し出した。

「京都は沸騰してるし、神戸も種類は違えど一触即発ね」

「ほんとに、妙な人たちばかり」

幸恵さんは楽しそうだ。

「だって青春だから」

また言ってる。

海軍塾は尊攘派と佐幕派との対立世相を脇に退け、ひたすら勉学・技術習得するという純な目的で、なんとかスタートラインに立とうとした。しかし運営は軌道に乗らない。

時代は過激な方向へ動くしかなく、塾も否応なしに引きずられていくのだった。

開塾後ふた月の八月には、土佐の吉村寅太郎を中心とした尊王攘夷派天誅組が大和で挙兵した。武装蜂起は挫折したが、塾は過激浪士の巣窟として目を付けられる。竜馬とつながりのふかい土佐脱藩の連中が主力になっていたからだ。竜馬自身も幕府のお尋ね者として新撰組に付け狙われることになる。

そんなところへ、文久の政変が起こった。

幕府が開国方針を打ち出してからというもの、物価が高騰したり、さまざまな局面で利を得るのは外国ばかりという現実がわかってきた。幕府への反感は、開国に反対した孝明天皇をかつぎ、列強を追い払おうとする尊皇攘夷運動となっていく。開国を進めた大老の井伊直弼が桜田門外で殺されると、長州藩士ら尊攘派が朝廷に入り込み急進的な公家と結んで実権を握った。孝明天皇は家茂に攘夷を命じた。家茂は勅許をいただいたが、幕府の考える攘夷とは、列強と外交で交渉して日本から退去させることであった。ところが、過激化した長州藩は単独で戦闘をはじめ、関門海峡を通過する外国船に砲撃を繰りかえした。これには孝明天皇が驚いた。孝明天皇は過激な攘夷主義者というより、外国恐怖症なのだ。外国と戦争などしたくない。真意を知った薩摩藩は、京都守護職の会津藩と朝廷内でクーデターを決行し、過激公卿と長州藩を京から追放してしまう。

勝はもちろん、そういう動きを知っていた。しかし知って知らんふりをした。海上防衛の責任者としてやることが多すぎたのだ。からだがいくつあっても足りないほど忙しい。

幸恵さんの解説とわたしとツムギの会話。

「勝は砲台を築造していました。彼はエンジニアでもあり、蘭語も読め、設計図面も引けた。友が島、淡路の由良《ゆら》、播磨の舞子、大坂の天保山、兵庫の和田岬と湊川出洲、摂津は西宮と全部監修した。だからこそわかっていた。国産の大砲なんぞで外国の軍艦を相手にできるはずもない。そんなことより人材育成である。そっちこそ急務とわかってはいたけど手が回らない」

「勝は全部竜馬に丸投げするしかなかった」

「竜馬はいちばん力を注ぐべき教育をみることになった」

「竜馬ならと信頼したのよ。荒ぶる連中は竜馬しか押さえられないし」

「法螺話で押さえるのよね。アジア共栄圏を海上につくるとか」

「竜馬は法螺と思っていないわ。一大海上藩をアジアにつくる計画は、教育の先に実現すると考えていたのよ」


しかし世情は沸騰をはじめていた。塾にも緊迫した内容が日々入ってくる。

次から次へ、誰かが情報を持ち込んでくる。ある日、京都の志士連中が怒鳴り込む勢いでやって来た。そして古高俊太郎らの京都蹶起《けっき》への参加を塾生に説いたのだ。みんな動揺した。それはそうであろう。竜馬もわかりすぎるほどわかる。じぶん自身、新しい世をつくるために脱藩し、土佐を飛び出してきたのだ。

しかし竜馬の思考は進化していた。

冷静になりゃにゃいかん。まだ早い。

今飛び出して何になる。無駄死にするばかりだ。

とにかく船がほしい。


竜馬は江戸へ行く。

勝は飛び回っており赤坂の家にもいない。竜馬は千葉道場へ向かったが、あいさつをすませると尻を落ち着けることもなく、大久保一翁を再度訪ねた。

大久保は江戸城内に竜馬を見つけて驚いた。大御番頭部屋へ竜馬を入れ障子を閉め切った。

「どこから入って来たんじゃ。門番はともだちか」

竜馬はつきあわず軍艦のことを訊ねた。大久保は言った。

「承知しておりますよ。勝さんからも度々」

「観光丸、黒竜丸だけでもなんとかなりませんか」

「なかなかねえ。役人というものは」

大久保こそ幕府の役人であったが、江戸幕府の硬直した限界を知る目利きではあった。咸臨丸でアメリカの能力主義を実見してきた勝のように「人材であれば百姓でも町人でも饅頭屋でもかまわぬ」と歯に衣着せぬ物言いこそしなかったが、幕府の高級官僚の多くが地位と肩書きだけで能力の伴わない人間であふれているという情けなさを抱えていた。最初に勝を軍艦奉行並に推挙したのも大久保なのである。大久保の政治信条は革新であった。言うべきことは言う。前年の文久二年には大政奉還・諸大名合議制政体などを献策し、側用人の分限を越えたと左遷された。勘定奉行に復帰するが一橋慶喜の第二次長州征伐に反対し、就任数日で御役御免になったりしている。そんな人物であるからこそ竜馬を気に入っていた。政府の首相という立場でありながら脱藩浪人の竜馬に会ったりした。


竜馬も大久保の心根はわかっている。だからねだっている。

「だめですか」

「役人はしきたりで生きているからねえ。しかしそんな連中でも時代を感じているよ。もうちょっと様子を見ましょう。しばし辛抱されよ」

大久保のことだから信用するしかない。とはいえ気はあせる。みんなに練習させてやりたい。情熱がからだじゅうにくすぶっている連中ばかりだ。京で誰かが斬られたとかなれば、何もかも捨てて駆け出してしまう。

神戸へ戻った。練習船はない。塾生たちは暇に飽かせ天下を語っている。空論ばかりの熱はよくない。害でさえある。

しかたなく塾生を五十人、百人と大坂の天保山へ連れだし、幕府船であれ外国船であれ頼みこんで乗り込み、できることをやってみたりした。水夫の仕事、賄いの仕事、釜焚き、何でもかんでも、とにもかくにも船に慣れさせたい。

海軍塾の技術指導はそんな始まりだったが、そこから将来の海軍軍人は育ったのである。薩摩人伊東祐亨という若者はどんな仕事も嫌がらなかった。何事にも段取りがいい。頭が回る。竜馬はいつも祐亨を褒めた。彼はのち海軍の大将になった。

その祐亨は竜馬に、よく西郷吉之助（隆盛）の話を聞かせた。

「国の者はみな西郷どんを敬服しちょります。坂本さんもぜひ会うてみてごあんど」

竜馬も西郷の名は聞いている。しかし、竜馬は祐亨の話をぼんやりと流すだけであった。

十三

指向性マイクは会話の「音」をしっかり拾っていた。二十一世紀の機器はすばらしい。

しかし「ことば」の意味はつかみがたかった。

日本に「標準語」が整備されはじめたのは明治以降になる。

この時代、誰もが自分のお国ことばで喋っていたということだ。

「竜馬と伊東祐亨の土佐弁と薩摩弁。おたがいわかってるのか不思議」

「外国語のラップみたい」

ツムギが手を打った。

ぱん、ぱん。

「手拍子が合うわ」

「言いたいことくらいは、通じてたんやろか」

「紀州の陸奥や兵庫の畠山さんらが挟まって、うまいこと、通訳になってたんちゃう」

「田舎もん同士は、どうにもならんね」

「でも、なんか伝わると思えへん？　こころで話してるんよ。だから二十一世紀のうちらにも伝わってくる」

そうなのだ。響いてくるのだ。

わたしには竜馬がひとり思う、心の声さえ聞こえる気がしていた。

画面に映るのは昔の神戸だけれど、竜馬の頭には京や江戸の景色もあった。わたしにはそれも見えた気がした。

こころがつながった気がした。

そうよね、つながるのよね、吉兵衛じいちゃん。

吉兵衛さんは毎週末来てくれた。土日の夕陽には必ずマジックタイムが現れる。

ドローンはターゲットを見つけてはロックして追尾した。

ターゲットは増えてきた。

坂本竜馬、勝海舟、塾生たち、商人たち。

ツムギはこんなことを言った。

「新撰組も来んかなあ、竜馬を狙ってるし。バラガキのトシ、来い来い」

無責任なことを、と思ったが、わたしたちはどうすることもないのであった。

それから四カ月経った。

神戸にも秋の気配。

ドローンが伝えてくる幕末も時が進んでいたのだろうか。

「時間って、一緒に進んだりするんですか」

それについては、上田先生も、

「時間については、まったくわかりません」

とお手上げだった。

わたしたちは、画面に現れる十五分間のドラマを見続けた。

そしてついに竜馬と西郷の出会いのシーンが訪れる。

しかし塾は閉鎖の憂き目に遭い、勝も謹慎処分を喰らってしまう。

幕末の激動がはじまったのだ。文久の政変で湯は沸きはじめていたが、ついに沸騰をはじめた。最初のきっかけは、池田屋ノ変である。

十四

池田屋ノ変（池田屋事件）は元治元年（一八六四）六月五日、文久の政変以来激しい弾圧に見舞われた尊攘激派が公武合体派の首魁《しゅかい》中川宮朝彦親王《なかがわのみやあさひこ》、一橋慶喜、京都守護職松平容保らの暗殺を計画したという疑いで起こった。京都三条の旅宿池田屋に集合した尊皇攘夷《そんのうじょうい》志士を新撰組数十名が襲撃し、肥後《ひご》熊本藩士宮部鼎蔵《ていぞう》、長州藩吉田稔磨《としまろ》ら九名を殺害した。池田屋ノ変は幕末史の中でも、とりわけ重要な出来事のひとつと伝えられる事件である。

幸恵さんは言った。

「即死七名、逮捕二十三名。白刃ひらめくすさまじい闘いを、多くの京都市民が遠巻きに見守っていたそうです」

わたしたちもその事件を目撃できるかもしれない。

そんな邂逅《かいこう》を確かなものとしたい。

ツムギは言った。

「ただぼんやりと眺めてどうする」

勢い込まれるまでもなく、

「私だって同じですよ」

幸恵さんも深くうなずく。そしてめがねを光らせた。

「池田屋事件は小説や芝居でたくさん取り上げられてきました。脚色や演出が史実と勘違いされることも多いです。クライマックスの階段落ちシーンなんて、よくできています」

「脚色なんですか。期待して観てしまいますけど」

ツムギは言った。

「エンタメはエンタメ。私たちは歴史の旅人。真実を見つけにゆく」

「ツムギさん。すばらしい言葉です。歴史の旅人。最高です」


登場人物の会話も聴けたとする。何を話しているのか納得ずくで把握したい。この事件を勉強し直そう。

わたしの家に集まることになった。

「幸恵さんも来るんだって」

「そうなの。それはお礼をしなくちゃね」

母は壁の時計を見た。五時。

「ちょうどええわ。買い物してくる」

わたしには何がちょうどいいのかわかった。母と娘、以心伝心。

元町の森谷が夕方から安くなるのだ。(曜日によるが)

母はエコバッグをつかむと、肉屋へ走っていった。

神戸は夏の熱気が去り、夕方は暑くもなく寒くもなく、過ごしやすい。

新谷家は斜面に建つ一戸建てで、物干し台からはわずかだけれど「百万ドルの夜景」が見える。物干し竿を全部わたしの部屋にしまい、広く開けた板敷きにバーベキューをセットした。

気候もいい、来客もある、お肉は上等(安く買えたし)。焼き肉パーティだ。

隣近所に煙はまわるがお互い様。ある日はここ、違う日はあそこ、気を遣うより順番にやろう、という町内会である。

ロース、ハラミ、上カルビ。

わたしとツムギはのっけからぱくついた。

ところが幸恵さんは静かだった。

最初、各自一枚ずつ大ぶりのロースを焼いて皿に取り分けた。わたしとツムギはたちまち食べた。

母は幸恵さんに言った
「どんどん召し上がってくださいね」

「ありがとうございます」

答えながらも幸恵さんは箸を取らない。

「もしかして。お肉、だめだったかしら」

「いえ、そうじゃないんです。大好きです。いただきます」

幸恵さんはロースを食べた。母は安心して次を焼こうとした。

幸恵さんは母の手を止めた。

「どんどん食べたいですけど」

わたしとツムギの箸も止まる。

幸恵さんは言った。

「私、実は大好きなんです」

「え」

「池田屋事件が好きすぎるんです」

わたしとツムギ、その「告白」をどう受け止めたらいいのか。

ツムギが訊ねた。

「幸恵さん推しの隊士がいるとか」

「それもありますが、私の推しは事件の真実です」

「真実？」

「はい、真実です。事実の向こう側にある真実です」

幸恵さんは言った。

「こんなかたちで、研究発表をさせていただけるなんて、あまりにも幸せ……」

研究発表会？　そんなことをするんだったか。

幸恵さんは語尾を詰まらせさえしたが、

「聞いてください」

と足下に置いた書類かばんを引き寄せた。そして中から大学ノートを取り出した。

テーブルに置く。

「私が熟慮考察した池田屋事件の真実です」

「はあ」

としか言いようがない。幸恵さんはお尻を引いて座り直した。

「では、よろしいでしょうか」

「はあ」

「途中でも質問してください。遠慮なさらず」

今から発表ですか。お肉は、と思ったが、

「わかりました」

と言った。

母はわたしに目くばせした。そして肉を乗せた大皿を家の中へ持って入った。幸恵さんは母の動きを気にするでもなかった。正面に座るわたしたち二人に頭を下げた。

「それでは始めさせていただきます」

山裾の小さな家の物干し台。涼しめの空気と多少の紅葉と肉の残り香。

そんな舞台で、幸恵先生の研究発表がはじまった。

十五

「池田屋事件の前年に文久の政変が起きました。反幕府勢力の中心として朝廷に取り入っていた長州藩が七人の公卿とともに京都から追われた事件です。長州藩士の一部は過激派浪士となって京都市中に潜伏しました。そして『長州が風の強い日を選んで御所に放火し、会津藩主・松平容保《まつだいらかたもり》や中川宮を暗殺する』と不穏な噂が立ちました。新撰組は元治元年六月五日早朝、過激派浪士の中心人物の一人である桝屋喜右エ門こと古高俊太郎《ふるたかしゅんたろう》を捕えて拷問にかけ、暗殺計画が事実であることを聞き出しました。古高の自宅に隠されていた武器類が持ち出されている事実を知るにいたり即座に出動します。さあ、池田屋ノ変のはじまりです」

「えーと」

「まだ質問しなくて結構です」

質問するつもりのえーとではなかった。なんとなく相づちをうってしまった。それを、幸恵さんにぴたと蓋をされてしまった。

「さて新撰組は総勢三十四人。隊服は着ていない。防具は着物の内側。どこに隠れているかわからない浪士に出動を悟らせない用心です。会津藩と浪士捕縛の段取りを決め、祇園の会所へ向かう。そこで戦闘できる服装に着替えいざ出動。ところが会津藩は来ない。会津は保守派が出動を止めていたのですね。新撰組と組んでしまえば、長州藩との対立が深刻化するではないか。結局出発するのですが及び腰のままでした。幕府崩壊の兆しですね、思いませんか？」

「えーと、たぶん」

「たぶんではなくてそうなんですよ、きらりさん」

また蓋。

「幕臣でまっさきに死地へ飛び込もうとする者などいなくなっていたのです。徳川家の姻戚である会津や桑名松平家でさえ保身一辺倒のサラリーマン武士です。真剣勝負のチャンチャンバラバラ、あり得ない。危ない仕事は臨時雇いの新撰組に押しつけておこう。土方は言いました。『近藤さん、俺たちだけでやろう』。新撰組では一番最初に斬りこむ者を『死番』と呼びました。どんな強敵が潜むかわからないところへ突撃するには命がけの覚悟がなくてはならない。この時の近藤にはそれがあったのです。さてここで、若いおふたりに最初の質問です」

え、わたしたちが質問するんじゃなかったか。

「正規の武士でもない彼らが、なぜ疑うことなく命がけの戦いに臨めたのでしょう」

ああ、わかる。剣豪沼住人が答えたい問いかけだ。でも言葉にすれば何だろう。わたしは言葉を探しはじめたが、そのすきにツムギが答えた。

「出自の卑しい自分たちだからこそ、『真の武士』でありたいと強く思っていたからです。隊旗の『誠』の一文字は、彼らの心のスローガン『士道に背くまじきこと』を表しています。近藤は土方に押されるまでもなくわかっていました。いまこそ出番だ。新撰組の力を示すこれ以上のチャンスはない。真の武士になるのだ。近藤が命がけの戦いに臨めたのはこの覚悟です。これこそ池田屋事件をして新撰組の存在を知らしめ、歴史の表舞台へ躍り出させた理由だと思います」

なんてすらすら喋ること。ネタ繰りしていたのかと思うほど。新撰組大好き、土方推しの真骨頂か。

「すばらしいですね、ツムギさん。私も興奮します」

幸恵さんは満足げにうなずいた。

「次はなぜ会合場所を探り当てることができたのかです。そうです、最初から池田屋とわかっていたわけではないのです。芝居や演出の多くが、新撰組は用意周到で突入したという筋書きにしているのですが」

幸恵さんはいきなり、拍子木を叩くように、人差し指中指二本でテーブルを打った。

講談がはじまるかのようだった。幸恵さんは口調を切り替えた。

「元治元年六月五日、祇園祭宵々山の夜。新撰組局長近藤勇は三条小橋西の旅籠池田屋の前に立った。新撰組の監察山崎丞が目をつけ、薬の行商人に化けて逗留していたのであります。近藤は玄関から堂々と入る。『主人はおるか、ご用あらためであるぞ』これ、新撰組二番隊組長永倉新八が『新撰組顛末記』に書いていて後世の演劇人が参考にする原本です。でもこのヒーロー戦記は身内が書いた自慢話だと思います。あとから話を美化するのは歴史書の必然であります。事実はぜんぜん地味だと私は思います。さて池田屋はターゲットではありませんでした。ではなぜ池田屋に突入したのか。池田屋にたどり着いたのは、土方の西洋軍隊的な思考方法からくる規律正しい哨戒行動だったと私は考えるのです。新撰組は近藤の一小隊と土方の二小隊に三分割して探索隊を進めました。近藤隊が鴨川西側の木屋町、土方隊が鴨川東岸の茶屋の多い縄手通。祇園の茶屋に踏み込んだものの、成果がなかったと土方隊の記録にも残っていますが、少人数で夜の京を探索するため、土方は戦力を活かす効率的な配置で実行しました。それが発見につながる『確率』を上げたのです。近藤隊が突入し、土方が駆けつけたとき戦いはほぼ終わっていました。手柄は近藤に残ります。首をあげたのは我なるぞ。古い武士道なら大手柄。でもそんな時代は遠い。私はね、また申しますが、勝ったのは土方の頭脳だと思うのです。彼は超越していました。武士道とは心の在りようであり戦術ではない。もはや勇気だけでもない。戦略と戦術が勝利を呼ぶのだと」

幸恵さんはひと息ついてから言った。

「山崎が池田屋に潜入していたという筋書きは創作です。新撰組が池田屋の会合を事前に知っていた事実は見つかっていません。池田屋に行き着いた理由は土方の近代的な確率論から導いた行動計画なのです。現代の警察では『グリッド捜査』と呼ぶとか。土方の方法論は現代の捜査方法にもつながるのです」

「へえ」

「きらりさん、質問ですか?」

「いいえ、まだ結構です」

「では次は志士側から見てみましょう。池田屋に集まった主な人物はまず肥後の宮部鼎蔵、
彼は尊皇攘夷志士の重鎮です。土佐からは神戸海軍塾生でもあった望月亀弥太、長州は桂小五郎、など全部で十人とも二十人とも言われています。土佐の石川、野老山、藤崎といったひとは、たまたま池田屋に立ち寄って事件に巻き込まれたらしいです。松下村塾の秀才と呼ばれた吉田稔麿は池田屋に泊まっていただけで、古高奪還のメンバーではなかったようです。

桂小五郎は『池田屋に行ったけれど早かったせいか誰もおらず出直すつもりでいたところ事件が起きた』と維新後語ったそうですが私は確信しています。桂は逃げたのです。屋根を伝って逃げたのです。臆病者とも言われたとか。しかしその心は竜馬と同じです。戦う必要のない相手からは逃げるのみ。真の戦いはまだ先にある。さて戦闘です。近藤が踏み込みます。

『主人はおるか、ご用あらためである』ではじまる場面ですね。近藤の後ろには天才剣士の沖田総司、神道無念流本目録の永倉新八、千葉道場で竜馬と同門だった藤堂平助。玄関を入ると半間のたたきがある。狭い式台を一段上がって台所と三畳の表の間。右側に幅三尺五寸の

狭い階段。二階に六畳と八畳の部屋があり、浪士たちが古高俊太郎の奪還を話し合っている。亭主の惣兵衛が玄関の問いに顔を出すと、それは新撰組の近藤。惣兵衛は長州の出身でこれまでも長州人の面倒を見ています。惣兵衛はとっさに『みなさま旅客調べでございます！』と声を張る。近藤は惣兵衛を拳固で殴り飛ばし狭い階段を駆けのぼる。二階の宴の間に惣兵衛の声は聞こえど斬り込みとは思わない。土佐の北添佶摩が『何だ、何だ』と廊下に出てくる。近藤と鉢合わせする。北添は脇差しを抜くが寸撃で斬られ階段を転げ落ちる。芝居の大見せ場『階段落ち』ですがこれは創作です。志士たちは抜刀し、身をおどらせ、屋根から飛び降り、中庭を逃げまわったでしょうが『新撰組顛末記』にも階段落ちはありません。戯作者が後に書いたのですね。たしかに客受けするシーンです。映画『蒲田行進曲』では長い階段の舞台セットがありました。あの階段、宝塚歌劇かと笑ってしまいました。だって映画のラストなんて、松坂慶子がウエディングドレスで降りてくるんですもの。フフフ。とまれ。はい、さて実際のところ、新撰組とはいえいきなり斬りかかってはいません。近藤は『ご用あらためである。手向かいいたさずお縄につけ』と呼びかけているのです。目的は過激派浪士の捕縛で殺すことではなかった。ただ近藤の気迫の前に、志士たちのほうが『もはやこれまで』と放心したのが事実でしょう。『恨み晴らさでおくものか』と言ったかどうかわかりませんが、近藤に斬りかかります。そこは私、わかるかなあ」

「わかるかなあ?」

「きらりさん、質問なら質問とはっきりしてください」

なんか、幸恵さんこわい。

「えーと」

わたしは息を整え質問をした。

「では、お訊ねします。近藤は『お縄につけ』って、すぐに刀を抜いたりしなかったんでしょ。なぜ北添は斬りつけたのですか」

ツムギは、

「殺気満ち満ちるってとこじゃないですか」

と言ったが、幸恵さんは確信しているようだ。

「お縄についても死は免れない。でもそれは考えなかったでしょう。近藤勇が目の前にいるのです。長州藩は政治で敗れ、いじめ抜かれ、追放されて狂いそうになっているのです。なかでも同郷人をさんざん殺した新撰組への恨みは闇のように深く火のように赤いのです」

幸恵さんは言った。

「さらにこの場面、近藤に気迫はあれど、屋内に新撰組が四人しかいないことが見てとれたのです。斬り抜けてやる。まずは近藤、と斬りかかった。しかし新撰組は四人といえ狭い場所の戦闘をわかっている。腰を沈め、刃先を低く、突き技を連続させ、数人を切り倒す。とはいえ多勢に無勢。乱闘になり藤堂平助は鉢金を打ち落とされます。眉間《みけん》を斬られ顔じゅう血だらけ。沖田総司は血を吐きながら戦ったというけれど実は結核の症状が悪化して無力化。新撰組がめちゃくちゃ強いってわけじゃないのです。沖田と藤堂は戦線離脱。近藤と永倉が残る。なんぼなんでも二人では無理。永倉も刀が折れ親指の肉も切り取られて脱出。近藤はひとり。でもなお「えッ、おうッ」と甲高い気合で踏ん張ったらしい。そこに土方が到着します。土方はすぐに小隊を投入。形勢が逆転したと見極めるや、血塗られた現場を嫌うかのように、『浪士は生け捕りにせよ』と号令する。そうなんですよ、最初から方針は逮捕、生け捕りなんです。土方隊が踏み込んで戦闘は終息。会津藩は周辺を取り囲んだだけでした。戦い終えた新撰組が池田屋から出てくる。会津藩士たちは半笑いで見つめたでしょう。彼らにすれば、新撰組を働かせてやったわというような態度だったと思います。首尾を報告に来いと尊大でもあったでしょう。しかし近藤たちのささくれ、返り血だらけの隊服に、さすがに声がなかった。近藤は報告などしなかった。我らの姿をとくと見よ、これが新撰組である、腰抜けどもが、この近藤勇こそ幕府の首領となって戦う男である。目ぢからで主張したのです」

ツムギがいつにない激しさでうなずいている。

「近藤勇が養父に差し立てた手紙があります」

幸恵さんはノートに指を這わせながら読んだ。

「徒党の多勢を相手に、火花を散らして二時間余のあいだ、戦闘におよびましたところ、永倉新八の刀は折れ、沖田総司の刀の帽子は折れ、藤堂平助の刀は、刃がササラのようになり、養子周平は槍を斬り折られました。ただ私の刀は虎徹であります故か、無事でありました」

幸恵さんはページをめくった。

「近藤は戦果を『打取七人、手負二人、召取二十三人』と書いていますが正確な記録はありません。最大の標的であった桂小五郎がその場にいたのかどうかはまるで不明です。いずれにせよ池田屋に単独で踏み込み、浪士らを一網打尽にした新撰組は、その名を天下に知らしめました。幕府は褒美を取らせました。隊全体に五百両。負傷者には一人五十両。局長の近藤勇には三善長道の名刀。そして朝廷から隊士慰労の名目で金百両。ここ重要です。長州が朝廷から敵と見なされたことになったからです。尊皇ひとすじで活動している長州藩です。好きで仕方がない相手に刃を突きつけられたのです。長州にとってはたまりません。新撰組にすれば京都の治安維持という任務を遂行した結果への報償でしたが、志士惨殺という暴力さえ、勤王行為として認知されたのです。長州藩はこの事件でさらに過激化し禁門の変を起こして『朝敵』とされ、幕府による長州征伐が行われることになります。長州はどん底にたたき落とされます。しかし、幕末史という流れの中で見れば、その底にある恨みこそ数年後の大政奉還、戊辰戦争へとつながるマグマだったといえるでしょう。池田屋事件は明治維新へつながる最初の発火点だったのです」

幸恵さんはノートをたたんだ。

遠い目になった。しばしの間。

「でもそれは、結末を知る私たち後世の人の評価です。歴史においては、どちらが正しい、間違いとは一概にいえないでしょう。歴史に善悪はないからです」

と幸恵さんは話を止めた。

終わりか?

幸恵さんは仕事をやり終えたあとのように大きなため息をついた。

頭を下げ、テーブルに視線を落とした。

お肉を一枚だけ焼いた、ちょっとだけ汚れた鉄板がそこにある。

幸恵さんはゆっくり頭を持ち上げた。そして言った。

「お肉は焼かないの?」

「は、そうでした」

わたしははじかれたように家に飛び入り、母を呼んだ。

焼き肉パーティは和やかに進んだ。幸恵さんはお酒も飲んだ。大きな声で笑う。

地下の番人とは違う幸恵さん。

ツムギは幸恵さんに尊敬のまなざしを向けていた。池田屋事件の新解釈、すなわち土方歳三こそが、ツムギ推しの土方歳三の頭脳こそがすばらしい、と聞けたことがツムギをこの上ない幸せ気分にしたのだ。

「ただの剣術使いじゃない。近代的な頭脳の上に和泉守兼定が乗っかっている。土方歳三への極上の褒め言葉です」

この夜以降、ツムギは幸恵さんを先生と呼ぶようになったのである。

もちろんわたしも刺激を受けた。池田屋事件に竜馬本人は関わらなかったけれど、この事件こそ竜馬を幕末の風雲へいざなったと、わたしの中でいまいちど確信できたからだ。

カルビをつまみながらわたしは言った。

「竜馬は池田屋事件を江戸の千葉道場で知ったらしいです」

ツムギはロース。

「千葉貞吉道場と鍛冶橋の土佐藩上屋敷はすぐ近く。竜馬が道場にいると知って、檜垣清治がものすごい勢いで知らせに来た。ふたりは武市半平太の縁で互いによく知っている」

ここからはわたしとツムギの会話になった。幸恵さんは聞き役に回る。

「望月亀弥太と北添佶摩も死んだと知った」

「望月も北添も、竜馬と同じように土佐を出てきた。国の行く末を憂いて走った。そういった純粋な心を、虫けらのように排除する幕府こそ排除せねばならん」

「竜馬は神戸へ向かった。大坂へ向かう勝と品川から船に乗った」

「海の上で何を話したでしょうね」

「けっこう無口だったと思う」

「わたしもそう思う」

幸恵さんが言った。

「そうね。そういう師匠と弟子だものね」

幸恵さんのその言葉は、何やらわたしをうれしくさせた。わたしは涙をこぼしそうになってしまった。

十六

池田屋事件の翌月には禁門の変があった。長州は敗走し、幕府は長州追討の令を出す。

竜馬は大久保一翁を訪ねた。

長州征討は愚策だし、勝の江戸召喚も困る。大久保に頼んでどうなることでもないのかもしれないが。

この時期、幕府高官も大坂城で執務をすることが多い。政治の中心が京都になり将軍が大坂にいるからだ。首相格の大久保もちょうど大坂に詰めていた。

竜馬がいるのを見て、大久保は苦い顔をした。

「大坂城の門番もとんだちか」

大久保はまわりに人がいないのを確かめ、部屋を締め切った。

「ここまで開けっぴろげに来られると誰も不審に思わないのか」

竜馬は黙っていた。言うべき言葉が見つからない。大久保のほうから言った。

「勝さんの立場と神戸海軍操練所の存続は扱いかねる件になりましたよ。塾生が池田屋で闘死したし、禁門の変にも多数脱走して長州軍に加わったでしょう。そんな連中を子飼いにしているのが勝阿波守だと、幕府上層部では勝断罪の動きがはじまっています」

竜馬は大久保が勝やじぶんに好意を持っていることは感じている。とはいえ幕閣を説いて回ることはない。なんとかする、と一切言わない。言えないのであろうが。

「幕府は近々、神戸塾の閉鎖を事務化するでしょう。こういうことだけはてきぱき早いですからね」

それより、君こそ危険だよと大久保は言う。

「新撰組はとくに坂本竜馬を付け狙っているというではないですか。京都で網を張るだけじゃなくて神戸へ出張ることも計画しているらしい。閉鎖するとなれば塾長の君は立ち会いますね。幕府の事務官が神戸へ行くとき、もれなく新撰組が付いていくよ」

「はあ」

竜馬は気のない相づちを打ち、

「連中も仕事ですキに」

とだけ言った。

神戸の塾へ戻った。ひとり部屋で寝ころぶと、死んでいった仲間の面影が脳裏を巡った。

行燈もいれず寝転んだ。すこし眠ったかもしれない。目を覚ますと、窓の外に星が明るい。浜へ出た。海は凪ぎ波は休んでいる。

刺客に狙われる。百も承知。たかが小隊の暗殺集団。とはいえ、土佐を脱藩したときの若き竜馬ではなくなっていた。今は命が惜しい。いずれ命を散らすにしても、やらねばならぬことをやってからにしてほしい。だから、と竜馬は最近、

「北辰一刀流をよくぞ習っておったもんじゃ」

千葉道場をよく思い出すのである。

「おかげで多少とも命を長びかせられるじゃろ。殺伐な争いごとに剣をつこうて済まんことですが、このさい許してくれ師匠」

天空にひときわ明るい北極星。

「新撰組でもなんでもかかってこい」

竜馬は柄に似合わず、星に話したのだった。

わたしたちはそんな竜馬の様子を見ていた。

ドローンを飛ばしたのは夕陽のころ、映し出されたのは夜空のころ。

時空の流れはどうなっているのか。解決されない疑問。

ツムギは違うところに反応した。

「新撰組来るかも。映るかも」

戦ったらどっちが勝つか。どんな戦いになるか、興味は尽きない。

しかしわたしにはこの時、竜馬の深刻さこそが心の奥へ染み入っていた。

「チャンチャンバラバラとか、言うてる場合ちゃうでしょう。日本がたいへんなんやから」

わたしは画面を見ながらツムギに、ちょっと怒ったのである。


「そのころ、勝ははじめて西郷と出会いました。この資料にあります」

幸恵さんが言った。

わたしはドローンをとばしたあと図書館に行ったのだった。地下である。幸恵さんの勤務場所。幸恵さんは先日のお礼にと大きな松茸をくれた。彼女の実家は京丹後で松茸は地産地消だという。

「なんぼでも獲れます。裏山に秘密の場所があるんですよ」

とにかく、
幸恵さんの資料とはわたしのご先祖、新谷道太郎の日記である。

その日記に西郷吉之助が登場する記述を見つけたという。

勝と西郷のはじめての出会いは元治元年九月十一日の大坂にて、というのが通説。のちに百年の知己になった勝と西郷の最初の会談とされる。

しかし従者であった新谷道太郎の日記にはその前年に勝が奄美大島に訪ねたとある。

西郷は島津久光の怒りを買って島に流されていた。翌年に赦され薩摩藩の責任者になるが、この時期は世から隠れていた、勝はそこへ訪ねたという。西郷はお菊さんという島の娘と結婚していた。あ、わたしにイメージが浮かんだ。NHK大河ドラマで二階堂ふみが演じたあの女性だ。勝はお菊さんに島の料理を振る舞われながら、西郷とはたわいもない話で終始したらしい。


幕府の軍事大臣でもある勝が西郷を密かに訪ねたと聞き、竜馬ですら驚いた。さらに竜馬が驚いたのは、そんな遠いところまで出かけたわりにふたりが世間話だけで終わったということである。

西郷吉之助とはすごい男かもしれない。

竜馬は京都の薩摩藩邸を訪ねることになる。

そしてついに竜馬は西郷と出会う。

西郷にとっても世紀の出会いであった。彼は政治家として天下一の知力と行動力を持つ人物であったが、行動原理の根は天下国家ではなく薩摩藩の利害にあった。その西郷が勝に会い、竜馬とふれあう。

これこそ西郷が「日本」を自覚してゆく、きっかけとなる出会いだったのである。


わたしは言った。

「これは行かなきゃ」

「どこへよ?」

「京都の薩摩藩邸に決まってるし」

新撰組や西郷がどんどん出てきている。坂本竜馬と西郷吉之助の歴史的対面シーンを見たい。

わたしが歴史にめざめた《鈴虫の話》もある。

「ねえ野口さん。ドローンは京都へも飛ばせる?」

「それはまあ、飛ばせるけれども」

「飛ばせるけれども？」

「普段の仕事なら京都までこいつを持っていって、その場所で飛ばす。けれど過去を見たいんだよね」

「うん、あ、そうか。ここから飛ばさないと」

「飛ばしてみるかい」

「飛ぶの？　京都まで？」

「空母から数百キロ飛ばすドローンもある。もはやドローンというより無人機だけどね。操縦士はゲームスティックみたいなのを握って画面だけを見ていたりする。戦争の形は劇的に変わった。戦うって、いったいどういうことなんだろうね」

　わたしとツムギは、野口さんのことばに返事できずにいたが、

「それもあるけれど不思議だよ。ここでの操縦は」

「不思議って？」

「このドローンの通信規格では、リモコン操縦は八千メートルまで。計器を見ながら、七千メートルになったら引き戻している。圏外に出たとたん自動着陸してしまうからね。ところが六甲山頂へも飛ばしただろ。電波が届く範囲を確認しながら飛ばしたけれど、一万メートト

ル離れてもフルパワーだった」

「どういうことなんですか？」

「なにからなにまで不思議ということさ。京都ならここから七十万メートルあるけれど」

「けれど？」

「飛ばせるかも」

「ほんとですか！」

「不思議のことは誰にもわからない」

伝送電波の強さは事前に測っておく、しっかり計画する、と野口さんは言った。


そして翌週、野口さんは《ドラゴンフィッシュ》というドローンを持ってきたのである。いやはや、ドローンというより飛行機ではないか。

左右に飛行機のような翼が伸びている。翼の先、機体の前方と後方には回転翼がついている。空想世界の飛行体と思いきやすでに実用化されているという。二時間の飛行が可能で、三十キロメートルの距離で映像伝送できるらしい。

「こいつなら、京都を回って来るくらいは飛べる。電波中継ドローンを二十五キロごとに浮かせておくことにした。だから七十キロも安心だ。不思議に頼らなくてもいい。現代のテクノロジーで飛ばせる」

現代のテクノロジーはわからないが、野口さん、ますますヒートアップしてる。

野口さんは《ドラゴンフィッシュ》を第一突堤の海岸にセットした。

突堤は滑走路状態。五分間程度の準備。

そして発進した。《ドラゴンフィッシュ》は飛行機のように斜め前方へ飛び出した。そこから一気、東へ。速い。サッカーボールの大きさからテニスボール、ピンポン玉、点になり、空のいろに溶けた。

画面は江戸時代だ。

灘の酒蔵、西宮恵比寿《にしのみやえびす》神社、街道をゆく着物姿の人たち。

木津川《きづかわ》から淀川、三石船《さんごくぶね》をなめながら伏見へ、京へ。

そして薩摩藩邸へ。

現代では京都大丸あたり。中空にホバリングしているだろう。

そしてついに、竜馬と西郷の対面シーンが映し出されたのだった。

「庭に竜馬がいる」

「鈴虫を捕まえている」

さあ、それならば、わたしの読書感想文を紹介しなければならない。
幸恵さんが「池田屋事件」ならば、わたしは「鈴虫の話」である。

閑話休題

二〇〇九年度　青少年読書感想文全国コンクール　優秀作品（文部科学大臣賞）

「西郷吉之助と坂本竜馬。鈴虫の話。無私の心が出会うとき」

神戸市立こうべ小学校六年　新谷きらり

歴史にはさまざまな分岐点があります。ただ分岐点だったとわかるのは後世のひとだけです。歴史を変えたかもしれないというその瞬間は、時の流れに過ぎ去り、当事者が意識したものではないのです。ただひたむきに生きた、真剣に向き合った出来事なのです。この感想文で書きたいのはその「真剣」ということに含まれる真実です。学校の授業でいくつか歴史の分岐点を習いました。戦争や乱が多いです。日本だけでも、壬申の乱、応仁の乱、関ヶ原とか。でもわたしが見つけた分岐点は、そういった戦争ではなく、人と人の出会いです。その場に居合わせた第三者にすれば、なんということのない日常風景のひとつにしか見えなかったかもしれません。人を惹きつけるのは人です。人の心と心に電気が流れ歴史が動くのです。

わたしが強く引かれた出会いの風景が「竜馬がゆく」という小説にあります。

その風景とは坂本竜馬がはじめて京都の薩摩藩邸を訪れた時の「鈴虫の話」です。このシーンは作家の創作かもしれません。しかし心の動きが鮮やかで、読者は真実をくみ取るのです。西郷は竜馬が藩邸にやって来た知らせを受け、紋服と仙台平袴をつけます。幕府の高級官僚である勝海舟の紹介だったので正装に着替えたのです。ところが座敷へおもむくといません。竜馬は庭の草むらで鈴虫を獲っていたのです。西郷はその姿を見て言います。

「ほう、鈴虫でござるか」

竜馬は答えます。

「虫かごは、ありませんか」

西郷は正装のまま走り回ります。篭は藩邸内にひとつ見つかりました。竜馬は鈴虫をかごにいれて軒先につるします。鈴虫は、リーン、リーンと鳴く。

こういった風景です。

でもこれこそが歴史の分岐点を表す風景と、わたしは感心したのです。

作家はふたりの心の動きを以下の文で表現しました。

(妙な男だ)

と西郷が、どぎもを抜かれた思いで、この土佐人を見た。

竜馬は竜馬で、観察している。感心したのは、かれが鈴虫を獲って、

「かご」

といったとき、西郷も、かご、かご、とひどくあわてたことだった。無邪気な、あどけないほどの誠実さがあふれていた。

(これは大事を託せる男だな)

と竜馬は思った。

――(文春文庫『竜馬がゆく』第五巻　二六一ページから抜粋)

無私の心には思惑や策略がありません。無邪気な思いだけがある。そしてそんな思いは素直な動作を紡ぎ出します。ふたりの動作はまさにそう。初対面のあいさつは鈴虫獲りという共同作業だった。藩邸の人たちも大きな男ふたりが走り回るのをあきれて眺めていたことでしょう。

わたしはこのシーンを噛みしめました。無私は不器用、かっこ悪い、でも無私こそは人を動かす。今の世界にこんな人はいるだろうか。でも世界はこんな人を求めているはず。だって世の中は複雑だから。

竜馬と西郷が出会ったのは元治元年。幕末の争乱がはじまったといわれる時期です。尊皇か佐幕か、攘夷か開国か。当時の世の中も複雑。水戸藩では天狗党という一派が乱を起こし、

尊皇攘夷運動が過激化します。新撰組が池田屋で尊皇志士たちを殺害します。長州は禁門の変で敗れ、下関では四カ国連合艦隊にも敗れてどん底。

竜馬はこの時期、神戸海軍塾で塾頭を務めています。池田屋事件と禁門の変では神戸塾生の長州人たちも死にました。幕府のやりくち、新撰組への恨みつらみ、尽きないことは山ほどある。かつての竜馬なら剣を背負って風雲に飛び込んだかもしれません。そして西郷はといえば幕府から長州処分を委任され征長軍の参謀になっています。竜馬は西郷に説きたい。薩摩は長州を討つべきではない。長州征伐は愚と言葉を尽くしたい。

とわたしのような観客は思うのですが、竜馬は、そして西郷は、ほとんど話らしい話をしないまま、初の会合を終えるのです。

竜馬は帰り際にこんなひと言だけを残しました。

――長州と手をにぎりなされ。薩摩にとってもそちらが得ですから――

竜馬は西郷の立場に寄り添ったのです。ちょっと先の未来、何をすればよくなるか、ヒントだけを残したのです。これこそ「無私の心」。西郷も竜馬の心がわかりました。西郷はそれから歴史に残る大仕事をします。薩長連合、大政奉還、江戸城無血開城、そして明治維新。

歴史を変えるきっかけは人と人の出会いです。そして最初の出会いの風景はとるに足らない。しかしこの時の竜馬と西郷の心に分け入ってみれば、そこには純粋で曇りのない「人に寄り添うことができる優しさと強さ」が横たわっている。だからこそふたりは自分自身を相手に、そして世の中に差し出すことができたのです。

完璧な世界では、秀才や理論家が役に立つことでしょう。でもふたりはこの世界が完璧でないことはわかっていた。西郷は政治に、竜馬は船に手段と目的を置きましたが、目的を達成するためにこそ、自らをむなしくする必要がある。

これを真理と呼ぶのではないでしょうか。こんな真理のもとで行動を起こした二大巨人が、幕末においては坂本竜馬と西郷吉之助だったのです。

わたしは十二歳です。生き方をまだまだ決めてはいないけれど、決めたならまっすぐ進みたいと思います。竜馬や西郷に習い「無私の心」を持てる人になりたいと思います。

竜馬はそんな心へ導いてくれたふたりの師匠に感謝しています。それは勝海舟と千葉周作です。

わたしもまず、立派な師匠を見つけることからはじめるのがよいでしょうか。

おわり

幸恵さんは言った。

「きらりさん、十二歳で書いたって?」

「はい、いちおう」

もはや自慢ではない。照れるだけ。

「深い知識も必要ですよ。幕末の社会や政治、薩摩藩での西郷の立場とか。それに無私の心なんて、小学生が書きますか」

「えーと、それ、たまたまなんです」

家の近所に祥福寺という寺があり、通りかかったとき黒板に「無私のこころ」と書いてあった。感想文の感想を求められたとき、それがきっかけと答えたことを覚えている。

幸恵さんはまた感心した。

「観察力も強いんですね。気づきを知性に結びつけるなんてすばらしい。禅の心をくみ取るとは、末恐ろしいです」

ぜんぜん、末恐ろしくない。二十三歳にして何にもなっていない。

祥福寺が禅寺と知ったのは高校生になってからだ。そもそも、本当にその一行を見たのかどうかさえ、記憶は定かでない。

幸恵さんはため息のような息を吐いたが、うれしそうでもあった。

「十二歳の論文にぜんぜん負けちゃってます。『世の中に自分を差し出す』ですか。いやはや、私ももっとがんばらないと」
そんなこと、ぜんぜんありませんって。

十七

ドローンはますます激動の時代をとらえはじめた。
勝海舟、坂本竜馬、西郷隆盛。
京都藩邸まで飛び、西郷と竜馬の歴史的対面を映し出した。なんてことだ。
鼓動が、脈が乱れた。さすがにその場面に、からだがおかしくなった。
頭に血が溜まる。いや脳に血が足りないような感覚かも。
息が苦しい。わたしのからだがパニックを起こしている。
空気を吸わなきゃ。吸えない。
強いめまい。気を失いそう。目の前が一瞬暗くなった。
「ふ、ふ、ぎゃ」

水に溺れたような声を吐き出した。膝の力が抜けた。

二人三脚の野口さんを引っぱってしまった。

「お、とととと」

野口さんはふんばった。片足を宙に浮かせながらもプロポを離さない。ツムギが気づいて支えに来た。ところがそこへママチャリが走ってきたのだ。運転の女性はスマホを見ている。わたしは薄れた視界の中でそれを見ながら「あぶない」と言ったが声は小さい。自転車はノーブレーキでツムギと野口さんを巻き込んでひっくり返り、女性は座席から飛んだ。自転車はいきおいのまま歩道を抜け、車道で止まった。

ツムギは女性をおなかの上に抱えながら声を上げた。

「大丈夫ですか!」

女性は顔を上げた。そこに野口さんの顔があった。女性は青ざめ、飛び上がるように立ち上がった。

四十~五十代と見える女性。歩道の奥へ後ずさっている。

ママチャリは車道に転び自転車篭から鞄が落ちている。

ツムギは立ち上がると自転車を起こし歩道へ移した。鞄もひろいあげた。女性に近寄り、怪我がないか確かめた。

野口さんは転げながらもプロポを握っていた。その姿勢のままでわたしを気づかった。

「どうしたんだ、きらりちゃん」

「なんか突然、目の前が真っ暗になって」

「貧血か」

「そんなことはないと思いますけど」

貧血で倒れたことはない。どちらかといえば、血の気が多い。

いまの感覚はなんだろう。頭の中身がぐるりと回転したような、すうっと浮かび上がったような、妙な感覚に襲われたのだ。そして、その間わたしは夢を見た。けっこう長い夢。実際にはたいした長さでなかったかもしれないけれど。

野口さんに支えてもらいながら立ち上がった。野口さんは言った。

「無事みたいだね」

「はい、大丈夫と思います」

ママチャリの女性は歩道にへたり込んでいる。肩が上下に小さく揺れている。

わたしは足のヒモを解いてそこへ行った。

彼女は血の気が引いた顔をしていた。瞬きもなく電柱を見つめている。

そこにポスターがあった。

――ながらスマホ危険。自転車も交通違反となります――

これか？　じぶんが悪い、といきなり反省したのか？

しかしツムギが話している中身は違った。

「この人たちは大学の研究員なんです。違うんです」

何が違う？　野口さんを警官だと思ったのか。まさか。

ツムギはわたしと目を合わせた。申し訳ないような、笑っているような、その間のような。

「あ」

警察と勘違いしたんじゃない。

この女性は地元の人なのだ。それも、ひと昔前の神戸を知っている人だ。

わたしの世代が街で怪しい人たちと遭遇することはない。こんな「いかにも」な格好をしている人を見ることもない。

結局女性も無事、自転車も無事だった。

ながらスマホ運転はよくないだろうが、わたしたちは謝った。

女性は去っていった。

「次からは普通の格好しましょう。ね、先生方」

ツムギは皮肉を込めたが、皮肉などどうでもよかった。

ドローンがいない。パソコン画面は真っ暗。

不時着してしまったらしい。しかも京都。七十キロも向こうだ。

「わたしのせいです。すみません」

「いやいや、確かめていけばいいんだよ」

野口さんはドローンを再起動した。映った。カメラは壊れていないが、プロペラが動かないらしい。青みがかった銅板らしきものが映し出されている。屋根みたいだ。そこに停まっている。あるいは引っかかっている。

上田先生がのぞき込む。

「神社かな」

野口さんはカメラを左右に振る。ズームアウトする。まさしく神社の境内だった。鳥居も見える。地図アプリで位置を表示してみた。

「御霊《ごりょう》神社だ」

上田先生が地図の一点を指した。

「かつて薩摩藩邸があった場所だ。ほら、ここに小松帯刀寓居跡って書いてある」

野口さんは神社の番号を調べて電話をかけた。

宮司さんが出てきてこう言ったという。

「宇宙人が攻めてきたかと思いましたよ」

野口さんは平謝りのうえ、京都の知り合いに連絡して、回収に向かってもらった。


みんなで反省会をした。

わたしのめまいについて、

「フォースじゃないか」

と上田先生が言った。ツムギは喜ぶ。

「スターウォーズの戦士か」

野口さんが言った。

「きらりちゃんはマジックタイムの十五分、相当なエネルギーを使っているんだよきっと。今日は京都まで行ったし」

「脳に血が溜まりすぎたかもですね。でもフォースだったりして。不思議のことはわからないですし。へへ」

フォース、妄想、ただの頭痛?……　何が起こって何が不思議なのか、誰も何もわからない。野口さんは言った。

「どちらにしても、遠征はやめておきますか」

脳エネルギーを激しく消化した、かもしれない。そう言われればそうなのだろう。

しかしそれより、わたしには記憶があった。

視界が闇に包まれたとき夢を見た。坂本竜馬が現れたのだ。

そしてわたしは竜馬さんと、ワインの話をしたのだった。

ワイン？　理由はわからない。でも夢ってそんなものだろう。

竜馬さんは藩邸の庭に現れたドローンを、トンボでも見るように、疑いもない目で見つめていた。そしてカメラのこちら側にいるわたしに向かって言ったのだ。

「無理せんでええ。神戸で待っとればええ。勝先生もおるし、西郷にも会うに行くきぃに」

わたしは答えていたのだった。

「竜馬さん、神戸で待っていればいいのですね」

「ああ、待っちょれ。それに、そうじゃ」

竜馬さんはワインのことを言ったのだ。

「塾に葡萄酒があるんやが、あんたも飲んでみんか」

「葡萄酒？」

「勝先生あてに長崎から届いたんじゃ。みんなで開けるき、あんたも来いや」

話は不明だったが、わたしは答えた。

「ほんとですか、行っていいんですか」

「来んしゃい、来んしゃい。その葡萄酒はのぉ、海に漬かった奈波烈翁《なぽれおん》らしい。絶品らしいわ」

「海に漬かった？」

「十五年前に上海の沖で、フランスの軍艦が燃えて沈没したことがあったんじゃ。その奈波烈翁は、その船にあったがよ。長崎に瓶が六本回ってきて、二本を勝先生が貰うたと」

「そのお酒、十五年も海に漬かってた？」

「長崎の連中が試したが、ええ味だったらしい」

わたしは言った。

「『ええ味』は間違いないですよ。十五年熟成ですから」

「あんた、熟成を知っとんかい。たいしたもんだ」

ワインのうんちくは漫画で知っただけだ。ナポレオンはワインじゃなくてブランデーだと思うけれど、些少の知識がなんになる。

さらに、竜馬さんは言った。

「勝先生がの、塾ん中に『レストラン』ちゅうもんを作る言いよんじゃや。牛肉を食わせる西洋料理で、ゆくゆくは神戸でも葡萄を育ててワインをつくる。熟成は難破船を倣《なろ》うて海ん中じゃき。生島さんが海苔の筏《いかだ》を持っちょるから、それを使えんか相談しとるらしいワ。このややこしいご時世に、のんきな勝先生じゃて」

陸奥陽之助がやって来て言った。

「竜さん、塾に食堂をつくる件ですが」

「食堂ではないぜ。レストランだ。ちょうどその話、しとったばっかりじゃ、のお」

竜馬さんはわたしに笑顔を向けた。

「え、わたしですか」

「ほかにだれがおる。ほんで、あんた、名前は」

「きらりです」

「きらりか。きれいな名じゃの」

そこへ勝海舟も現れた。町人を連れている。生島四郎太夫らしい。

いつのまにか景色は操練所の浜辺に変わっていた。

四人は議論をはじめた。わたしはその話を聞いていた。

ワインは木樽に詰めるがいい。

海中には筏を組んで降ろすがいい。

木樽は海で何年保つか。何年も浸ければ海水がしみこむ。
熟成がはじまったら樽内の水圧が上がってしみこまない。
水圧の変化を調べて浸透圧を均等に管理すればええ。
圧は均等でも毛細血管現象で水はしみこんでいく。
ハゼの実を使えばどうか。
ロウソクをつくるハゼノキ。
ロウを樽に塗ればよか。和ろうそくの作り方じゃ。
うすくうすく何重にも塗り重ねる。
ハゼなら薩摩でたんと獲れもす。

海軍を作ろうと集まっているのに、明治維新まで三年と忙しいのに（彼らは江戸時代が終わることは知らない）ワインを作る相談をしている男たち。浸透圧とか、毛細血管現象とか、昔の人も賢いなあ、と感心もしながら、ハゼノキ話に入ってきた薩摩弁は伊東祐亨だとわかった。あなたは連合艦隊の長官になる方なんですよ、そんな話に入ってる場合やないでしょう、わたしは、おいおい、と声をかけそうになったが、彼の声が聞こえたところで会話は消えた。
これがめまいの先にあった記憶だった。

十八

十月末、秋が深まったころ、竜馬は京都から神戸へ向かった。

西宮を過ぎ、着いたのは深夜。街道も闇が深い。

月明りだけがたよりである。

近目の竜馬は勘で歩いている。とはいえ自分の海軍塾だ。街道を小野浜まで来れば残りは目をつむっていてもたどり着ける。

しかし生田川の土手から街道筋へ降りたそのとき、殺気が起こったのである。

本能で躱《かわ》した。竜馬がすり抜けた場所の空気を白刃が泳いだ。

連続で斬りかかってきた。竜馬は打ち込みを躱すと同時に拳で逆胴を殴りつけた。

わずかな明かり。次の男は青眼に構えている。

そこで竜馬は刀を抜いた。

剣尖《けんさき》で誘う、北辰一刀流の型「鶺鴒《せきれい》の尾」。

左手小指に意識を集中し右手は軽く。左手小指を支点に小刻みに震わせ間合いを盗む。

相手が上段へ振り上げた。瞬間、竜馬は出籠手《でこて》を叩きそのまま腕を斬り飛ばした。次の男は片手で大きく剣をまわしてきた。竜馬はあっさり躱すと男の横面を刀の腹で殴りつけた。剣が相手の頭蓋骨に当たったのか、ピンッと音を立てて跳ね返った。男は倒れて動かなくなった。

しんがりの男は刃先を突き出して構えたが、その後ろには誰もいない。

竜馬は抜き身をさらしながらも、

「わしは急いどる」

と街道を走り去った。

ツムギは顔をモニタに張り付かせていた。新撰組が神戸までやって来たのだ。

「ええ、もう終わり?」

と残念がった。

竜馬が塾に着くと、薩摩藩御用小豆屋から書き付けが届いていた。

西郷が来ているという。届いたのは昼過ぎであったが、竜馬はすぐ行くことにした。浜本陣は近い。半里の距離である。

　陸奥が驚いた。

「お出かけですか」

「西郷が来ちゅう。話さんならんことがある」

「夜中ですよ」

「起こせばよかろう」

　竜馬の着物の袷がぱっくり切れている。袴の裾もどろどろ。袖には血が飛んでいる。

　陸奥は言った。

「せめて着替えたら」

「かまわん、かまわん」

　竜馬は出て行ってしまった。

　陸奥は伊東祐亨をたたき起こし、さっと事情を説明した。伊東は竜馬の後を追った。

　丑三つ時であったが、戸を叩くと灯りがついた。

　そして、西郷も、いままで寝ていたとは思えないふうで、竜馬を迎えながら言った。

「よか日よりでごわす。浜で話しもそ」

この夜中に何が日よりか、竜馬はおかしかったが、浜もいい。

そのとき竜馬は気がついた。小豆屋の土間で鈴虫が鳴いている。

晩秋である。朝夕は冷え込みはじめている。鈴虫のいるはずはないが、と竜馬は目をこらした。

鴨居に何やらぶら下がり、それが鳴いている。近眼の竜馬は夜目が利かない。前まで近寄った。

と、それは風鈴であった。

「鈴虫風鈴でごわす」

広島藩は尾道の工芸品である。藩船が瀬戸内海を進むとき、北前船の寄港地でもある尾道に立ち寄る。その時に西郷が手に入れた。広島藩はのち長州、薩摩と手を結び、討幕に踏み切った藩である。

竜馬は薩摩藩と広島藩の関係性を知らない。ただ感心した。そしておかしかった。

西郷と兵庫津の浜へ出た。そこへ藩家老の小松帯刀も出てきた。小豆屋当主の畠山助右衛門を連れている。

薩摩藩は神戸の海軍塾に藩士を多数入れた。小松はその責任者である。竜馬は小松に塾の閉鎖を報告しなければならない。さらには薩摩藩士を藩へ返すだけでなく、行き先を失う塾生全員の受け入れを薩摩藩に頼むつもりであった。


「夢破れたり、坂本竜馬」

ツムギはわたしの顔色をうかがう。わたしは期待通りに返してあげる。

「じゃないのよね。ここから、坂本竜馬が走り出すの」

幸恵さんもうれしそう。

わたしは言った。

「竜馬の頼み方がいいんです。貴藩にとって得になる。その話を覚えちょりますかって」


竜馬は現実を嘆き「だから幕府は倒すべき」というようなことは言わない。

商売の話をしたのである。

「薩摩藩は得になります」

竜馬は小松や西郷が驚くほど、さまざまな物産の各地の物価を知っていた。海産物では昆布、するめ、鮑、海老、山のものでは炭、杉板、さらに石、鉄、そして南蛮陶器まで、どこで仕入れてどこで売れば利が出るかという話をした。熱弁であった。時勢を熱く語る連中ばかりのご時世に、この男はよほど変わっている。無邪気そのものである。

小松はそれゆえ信じたのだった。

西郷が推すのもよくわかった。小松は塾生を大坂藩邸で受け入れることを約束した。ただ貿易については新たな知恵でもなかった。前薩摩藩主島津斉彬は琉球を通じた密貿易で大きな利益を上げていたからだ。ところが、竜馬が次に言ったことは小松の想像を超えた。

「長州の米を買いなされ。それを長崎か、あるいは上海まで運んで売る。薩摩はその金で長州のために武器を買ってやればいい」

西郷はもっと驚いた。じぶんはこの十月十二日、幕府から長州処分を委任され、征長軍参謀になっているのである。

西郷は返事をしなかった。竜馬も返事を迫らなかった。

去り際、竜馬は小松に、そして西郷に礼を述べた。西郷には付け加えた。

「おまんのしゃれは楽しい」

竜馬は顎で小豆屋の玄関を指す。西郷は言った。

「鈴でござるか。もらいものでごわす」

竜馬は笑顔で言った。

「季節はずれの風鈴もええもんじゃ」


夜がしらじらと明けてきた。

竜馬は諏訪山の東に登りかけた陽を薄目で見ながら、波打ち際を歩いた。

塾へ戻ると勝がいた。勝は自室で朝飯を食べていた。

竜馬は西郷と小松との話し合いを、

「万事整えてきました」

と言った。

報告はそれだけだった。勝もひと言、

「そうか」

と飯を食いながら言っただけだった。

しかしその短い返答に感情が湧き上がった。

竜馬は言った。震えそうになる唇を締めながら。

「勝先生に弟子入りしたがは果報ちゃ。塾は残念かもしれんが、おかげでわしは大海へ漕ぎ出す覚悟ができた。何から何まで、先生のおかげやき」

勝はなおも茶碗を持ち上げていたが、箸は茶碗の上で止まっていた。

わたしの胸にも迫るものがあった。ツムギも目を腫らしている。

「なんていいシーンでしょう」

幸恵さんが言った。

「勝海舟には江戸召還命令が出ていました。だから勝は自分からも小松に、竜馬と塾生のことを頼んだのです」

幸恵さんは『維新土佐勤王史』（瑞山会著）を見つけてきた。


― 十一月十日には閉居謹慎を申付られぬ、されば勝は神戸海軍所の爲めに閉鎖せらるべきを知り、其の出發に臨み、脱藩中の身の上なる坂本等を、薩藩家老小松帯刀に頼み置きて去れり、是れより先き、小松より在國の大久保に致せし書中に左の一節あり、即ち其の関係を如何を知るに足れり ―

竜馬は勝に報告したあと浜に出た。

塾は仕方がない。しかし自分にはやることがある。
竜馬はそこで、もうひとりの師匠の教えも思い起こした。
――技を使うな。それがいちばん強い
「わしはこれぜよ。のう、千葉先生」
竜馬は海に小石をひとつ投げいれた。
小石ひとつが広げた輪はさして大きくはないが、まちがいなく海面に広がっている。
何事もこれじゃ。これでええんじゃ。
竜馬は明るさを増す陽の真正面に顔を向けた。

十九

太田課長に呼ばれた。

「新社屋で楽しく働くアイデア企画、どうでしょう。そろそろまとめないといけませんね」

第一突堤にできた新本社は、たしかに通勤には不便だ。企画は自転車通勤推奨、駐輪場設置希望、とかで最初は出した。そんな間にも、会社の隣に水族館ができ、通勤途上の東遊園地には安藤忠雄設計のこども図書館もできた。楽しい水辺になりますよ、通勤散歩を楽しみましょう、と、キャッチフレーズを目立たせたポスターを貼り、社員に呼びかけてもみた。でもアイデアはあんまり集まらなかった。というか、杞憂のようだった。駅から遠いとはいえ、まっさらな新社屋で働くというわくわく感が、ぜんぜん不満を上回っているのだった。ポート・ループという通勤に使える連接バス路線も新設された。

「もう、この企画、要らないんじゃないですか」

課長は言う。

「いずれ文句は出てきますよ。そのときのためにも、アイデアを集めておかないといけません。来月には社長に報告します」

「はあ、そうですか」

「はあ、じゃないよ。新谷さんがプレゼンするんですよ」

「えーー。わたしですか」

と若者らしくブーたれてみたが、そのとき、わたしの脳に突如としてイメージが走った。

竜馬さんが、

「神戸で待っちょればええ」

と言ったときの会話を思い出したのだ。

塾にレストランを作ったらおもしろいとか、海中でワインを熟成させるとかの話だ。あの時代、西洋風のレストランができていれば評判になったに違いない。兵庫津には西国藩の御用屋敷が並んでいた。噂を聞きつけた人たちがたくさんやって来ただろう。外国人との社交場にもなったはずだ。

「世は理念では動かん。そういうところからはじまるんじゃ」

坂本竜馬のしなやかな思考だ。

わたしは言った。

「社長に、ぜひお話ししたい提案があります」

「何だ、考えていたのか」

「きっと、世を動かします」

「世を動かす？　気合い入っているじゃないの」

「はい。竜馬さんに教えてもらいましたから」

「竜馬って、坂本竜馬？」

「はい！」

「まあ、何でもいいけど。社長もそういうノリ、きらいじゃないし」

太田課長はあくびをした。

「しかし妙な社員ばかり増えるな、うちの会社は」


席に戻り、わたしは考えた。

幕末は日本の青春時代だ。強く思う。

そして、青春ってなんだろう、とさらに強く思う。

わたしは、わたしの青春を、どう生きればいいのか、竜馬さんの人生をたどりながら、わたしは立ち止まるのである。

坂本竜馬が最期を遂げたときのことを、司馬遼太郎は『竜馬がゆく』の終わりでこんなふうに書いている。


竜馬は最後の息をつき、倒れ、なんの未練もなげに、その霊は天にむかって駆けのぼった。

天に意思がある。

としか、この若者の場合、おもえない。

天が、この国の歴史の混乱を収拾するためにこの若者を地上にくだし、その使命がおわったとき惜しげもなく天へ召し返した。

この夜、京の天は雨気に満ち、星がない。

しかし、時代は旋回している。若者はその歴史の扉をその手で押し、そして未来へ押しあけた。

（『竜馬がゆく』第八巻　三七四ページ）


人の一生は短い。

生まれいでたからには大志をいだき、目標にむかって進もう。

からだもこころも、ともに生気満ちる青春時代こそ、人の一生のうち、勇気をもって、前へ前へと進むときなのだ。型破りになろう。

吉兵衛さん、わたし、竜馬さんと会ったよ。

彼は空中に浮かぶ「何か」を感じ、こちら側のわたしと、つながってくれたのよ。

吉兵衛さんは竜馬さんや勝先生、家茂将軍とも会ったんでしょ。その瞳を見つめたんでしょ。

みんな、その瞳で何を見ていたの？　わたし、すごく知りたい。

孫娘と、さらにそのひ孫。わたしたちはいまも、あなたがつくった港の歴史を受け継いでいる。

あやばあちゃんはわたしに言った。

「景色のはしに、じいさんが出てくる」

吉兵衛さん、わたしがどんな景色に出会ったか、どんな話を聞いたか報告したいです。

あやばあちゃんと並んで磯に立ちます。そのとき、きっと出てきてください。


ところが、この年の十月末。

神戸に冬の気配がやってきたころ。

あやばあちゃんが、あの世へ旅立ってしまったのである。

知らせにおどろいて飛んでいった。

けれど、網屋家に着いたとき、ばあちゃんの顔には、白い布がかぶされていたのだった。

枕元に正座するしかなかった。

網屋雄一さん（ばあちゃんの孫）が、そっと布を取ってくれた。

「やすらかでした。ほんとに、眠っているみたいで」

朝、起きてこないばあちゃんを見に行くと、すでに息がなかったという。

「百歳超えても元気でした。言葉もしっかりしていたし、ごはんも普通に食べていました。でも大正生まれでしたからね、寿命です。みなさんに愛された大往生です」

ともだちみたいだったあやばあちゃん。

わたしが来るたび、顔をしわだらけにして喜んでくれたあやばあちゃん。

いろんなことを教えてくれたあやばあちゃん。

もっともっと、もっともっと話したかった。


海を見ながら考えた。

あやばあちゃんはいま、吉兵衛さんにあいさつしているかもしれない。


夕陽のとき、カメラを《ぽわんの場所》に据えた。

「出てきて。おねがい」

昔の神戸が映った。すねをむき出しにした船頭たち。漁を終えたらしく船を浜へ引き上げている。

あ、

あやばあちゃんが浜にいる。となりにはおじいさん。

吉兵衛さん？

目を凝らした。

しかし見つめるほど影は薄い。

ふたりは背中をわたしに向けるとそのまま浜を歩いた。

そして遠く、霞のように消えていった。

夢か、うつつか。


景色が変わった。

「マジックタイムって、夢のようだわ」

画面には灰色の巨船。どっぷりと停泊している。場所は第四突堤か。

つぶやきながら空を見上げた。ところが、夕陽はまだ水平線にあった。画面をもう一度見る。かやぶき屋根の小屋が見える。

昔のまま？　じゃあ、この大きな船は。

カメラを山側に直した。液晶ではなく、ファインダに目をひっつけて覗いた。

「これって……」

カメラを抱えて走った。少しでも街道近くへ。

《ぽわんの場所》の北側のはしっこ。ズームレンズを精一杯伸ばして覗きこんだ。


広い通りに石造りの建物。横文字の看板。旧居留地の海岸通か。なら現在？

違う。人力車がいる。フロックコートにあごひげの西洋人がいる。

昔の外国人居留地だ。東洋人と西洋人が雑多に歩いている。

これは過去だ。でも幕末じゃない。時が進んでいる。

海岸に沿って線路。そこに蒸気機関車がやってきた。黒い車体、真っ黒な煙。

わたしが見ているのを知っているかのように、あいさつをするかのように、汽笛を、

「ぽうう、ぽっぽー」

と鳴らした。


汽笛の音は、わたしに時を超えさせる合図だったかもしれない。

わたしの意識が宙に浮かんだ。

現在の意識がありながら、その時代のことも、まるで目が覚めているように、一緒くたになって記憶の表面に広がったのだ。

山手から三宮への坂道。そこにあやばあちゃんがいた。
いや、違う。あやばあちゃんじゃない。十五歳の女学生、新谷綾子だ。
わたしにはわかったのである。

新谷綾子は、セーラー服姿の仲間と坂を歩きながら、歌を歌っていた。

月が鏡であったなら～
恋しあなたの面影を
夜ごとうつして見ようもの
こんな気持ちでいるわたし
ねえ
忘れ～ちゃいやよ　忘れな～いでね

第3章

二十

月が鏡であったなら～
恋しあなたの面影を～
夜ごとうつして見ようもの
こんな気持ちでいるわたし
ねえ、
忘れ～ちゃいやよ　忘れな～いでね

「渡邊《わたなべ》はま子は『ねえ』のところを千回練習したのよ」

お調子者の同級生、千恵《ちえ》が喋る。

「もっと色気出せって、さんざん言われたって」

さち子はおとなしく声も小さいが、芸能ネタになると張り切って、聞いてきたことのように話す。

「深呼吸するように歌えって、作曲家の先生が指導されるらしいわ。口を大きく開けて、でもそっと息を吐くように『ねえ』って」

「こんな感じかなあ」

「ねえ」

「ね〜え」

「ねえ〜　うふ」

いろいろな「ねえ」。

色気を工夫し、声を出し、そのたびに笑い合う。

あれやこれや、ぴーちくぱーちく。

それぞれ「ねえ」のところを鼻にかけたり、ため息を混ぜたりして歌う女学生たちなのである。

渡邊はま子の《忘れちゃいやヨ》は、微妙な世相感がつきまとった歌であった。

彼女もさいしょ「ねえ」に色気を出すのがいやだった。レコード会社の男性社員に強要されるのはもっといやだったが、それも仕事と、言われるまま早稲田大学野球部の会合で披露してみれば、あにはからんや大ウケしたのだった。渡邊はま子は一転、色気に磨きをかけた。

ところが、大ヒットの兆しが見えた三カ月後、レコードの発売を禁止する統制指令が下った。全国的な話題になった「ねえ」事件である。そしてそういう事件こそ庶民の餌であった。検閲何するものぞ。類似のお色気曲が生み出され《ねえ小唄》ブームが起こったのだ。

《あゝそれなのに》（美ち奴。のち発売禁止）

《ふんなのないわ》（ミス・コロムビア）

《憎いわね》（山中みゆき）。

女学生たちはまねをした。若さゆえのいたずら心。

しかしこれは危険だった。女学生とはいえ、警察に引っぱられるかもしれない。

満州事変以降、日本は統制国家への道を歩み出した世相下にある。

軍部の独走、二・二六事件。大正時代に花開いた自由闊達《かったつ》な気分は薄れ、尽中報国《じんちゅうほうこく》、挙国《きょこく》一致《いっち》、堅忍持久《けんにんじきゅう》という、皇国史観《こうこくしかん》への転換がはじまっていた。

一番は天皇陛下。二番は恩師の先生。

とはいえ、庶民は国家に食ってかかるところまでにはなっていなかった。満州への進出で日本経済が不況を脱していたからだ。海軍軍縮条約の失効も経済的には追い風、日中戦争が全面化するにしたがい建艦競争が起こるなど、空前の軍需景気が訪れていた。

しかしこれは背伸びに背伸びを重ねた繁栄であった。わずか数年後に崩壊するが、この瞬間、日本は走りに走っていた。川崎造船などは従業員を三年間で二倍の二万五千人に増やしたにもかかわらず、それでも人手は足りなかった。国家が介入するしかないと、政府は国家総動員法を施行し、人と物の統制を押し進めた。

神戸はこの頃、日本で有数のエンターテインメント街《シティ》だった。全国的にも有名な聚楽館など、新開地の映画街がおおいに賑わっていた。人気は恋愛物語だった。原節子の演技に感動した女性が泣き顔のまま出てくる風景も日常だった。

ただ統制がすすむにつれ、皇国史観を下敷きにした戦争モノが増えていた。統制史観は文化へも影響を及ぼしはじめた。

《忘れちゃいやヨ》を検閲したお上のお達し。

――娼婦の嬌態《きょうたい》を眼前で見るが如き歌唱。エロを満喫させる

女学生たちも重くなる時勢は感じていた。とはいえ若い。

先生に見つかったらこっぴどく叱られる。修身の山里先生はいちばんの注意、そんな心と折り合いをつけながらも、こわいもの知らずは若さの特権。隙を見つけては歌い、こそこそ

笑い合った。

この日も校門を出て、周りをうかがい、歌いはじめた。

セーラー服のお下げ髪が五人。

並んで坂を下りながら、学生かばんを揺らせながら、ため息まじりの、

「ねえ〜」

である。

坂の途中に、いつもの顔。夕涼みしているおやじは彫刻看板屋の親方。ひと仕事終えた夕方、一合の酒でご機嫌になるのが日課。日和のいい日は涼み台を出し、徳利を抱えて座る。

若い職人たちが作業場で忙しくしていても、親方はいい案配になっている。

女学生は飛んで火に入るなんとやら、からかわずにおかない。

女子たちが通ると、

「ねえ」

とひしゃげた声を浴びせるのである。

綾子はそのたび、ひと言返す。

「おっちゃん、はしたないことせんといて」

「はしたないんは、きみたちでしょ、ねえぇぇ〜」

おやじは笑う。綾子は返す。

指で唇の両端を引っぱって下げ、口から舌をべろり。

「あっかん、べー」

女学生たちはひとしきり声を上げて逃げる。


市電通りまで下がると、西から市電がやって来るのが見えた。

千恵が指差した。

「あ、ロマンスカー」

さち子が一歩前に出る。

「ほんまや、ロマンスカーや」

綾子も言った。

「ちいちゃんのお姉ちゃん、乗ってへんかな」

千恵の六つ違いの姉、和恵《かずえ》が市電の車掌をしているのである。

大正時代は人力車の時代だった。市内交通が市電へ移り変わると、人力車が消えていった。

バスが登場してくると、こんどは市電が客を奪われはじめたが、神戸の市電はあきらめなかった。焦げ茶色だった車体を鮮やかな緑色に塗りかえ勝負に出たのだった。

――植木市の電車が走りよる。

――まるでチンドン屋。

市民にひやかされたが、市電はさらにがんばった。

《ロマンスカー》を作ったのだ。

座席を男女並んで座れるように進行方向へ向けた。

そして全国初の女性車掌。

採用条件を「容姿端麗《ようしたんれい》にして未婚の女性」と宝塚少女歌劇《たからづかしょうじょかげき》並みにした。にもかかわらず、応募は殺到、三十倍の競争率となった。そんな中、千恵子の姉、和恵は試験を突破し、神戸市電女性乗務員「トラムレディ」第一期生となったのだ。

――おなごの車掌はええ。

――声もええ。

――サービスもええ。

世間は下世話《げせわ》である。下世話こそ人気である。またたくまに評判となった。わざわざ女性乗務員の列車を待ち、一日中乗りっぱなしという輩も現れた。

女学生たちの視線の先、やって来るロマンスカーは超満員。車体の外にしがみつく者もいる。

加納町三丁目の停車場で停まる。開いたドアから乗客があふれ出る。停車場で待っていた客は満員の客をかき分け乗り込もうとする。

「すごいなあ」

「乗られへんで」

「和恵ねえちゃんの市電かな？」

「ひと多過ぎ。車掌さん見えへん」

乗り降りの混乱はおさまった。なのに電車はそれから、しばらく停まったままだった。

「どうしたんやろ」

「なんで動かへんの？」

と言っているところで女性乗務員が見えた。

和恵だった。

「おねえちゃんや」

千恵は声を張り上げ手を振った。

「おねえちゃん、おねえちゃん！！」

和恵はドア付近の男たちに声をかけ、空けた隙間から小さなおばあさんの手を引き、路上の安全地帯へと導いていたのだった。

電車は停まったままだったが、文句が出ることもなかった。

うぐいす色のモダンな制服、制帽、革カバンをウエストに提げ、きびきび働くトラムレディである。

和恵が車内へ戻るとおばあさんが列車にお辞儀をした。拍手と喝采さえ巻き起こった。

厳しく仕込まれた勤務態度とていねいなサービス。市民の評価も高く、うちの息子にぜひ、と申し込まれる者もいた。

「ええぞ、トラレディ！」

「トラムや」

「トラは大阪タイガース」

千恵はまた呼んだ。

「和恵ねえちゃん！」

妹に気づいた和恵は笑顔をつくり、ちょっとだけ手を振った。女学生たちも腕をいっぱい伸ばして応えた。

ロマンスカーの後ろ姿を追いながら、千恵は言った。

「和恵ねえちゃん、月給三十円もらえよるんよ」

「すごいなあ〜」

憧れのため息。あんなモダンガールになりたい！

学校は良妻賢母教育、良家の子女としてお嫁に行く、女が働くのは家計を助けるため、という常識は変わりはじめている。

三十円は男性の初任給程度だが、港町神戸の女学生は和恵の立ち居振る舞いに、じぶんたちの未来を重ねるのだった。

三宮まで歩いた。にぎやかな三宮交差点。

阪急電車は、それまで終点だった上筒井から三宮へ延長され、岩屋から三宮へつないだ阪神電車も元町まで延び、阪神も阪急も五階建ての駅ビルを完成させた。神戸は多くの電車通勤客を呼び込む都市になっている。

いつも一緒にいる五人のうち四人も電車で通学をしている。

「ほな、さいなら」

「またあした」

綾子は友人たちを見送る。

新谷家は下山手通《しもやまてどおり》にある。学校から徒歩五分なので、駅へ行く必要はない。しかし放課後、同級生たちと毎日駅へ向かう。

おしゃべりしたいから、歌を歌いたいから。それもあるかもしれないけれど、綾子が駅方面へ向かうのは、旧居留地《きゅうきょりゅうち》の外資系貿易商社で毎日、奉公修行（いまでいうならインターン）をしているからなのである。

モダンガールになりたい。

その気持ちが人一倍強い綾子なのである。

二十一

その商社は海岸プロムナードに面した居留地十二番ビルにある。三宮駅前からは、まだ一キロほど。学校からの全行程なら約二キロある。若い脚にはたいした距離でもないけれど、この日はタクシーに乗せてもらうラッキーがあった。第四突堤に大型客船が着くと、運転手は何度も港へ客を拾いに行く。迎車は空なので子どもをただで乗せてくれたりする。綾子はテルシン商会にも出入りするハイヤーに遭遇し、声をかけられたのだった。

「英国のエンブレス・オブ・ブリテン号よ。今日は往復十回目」

顔見知りの運転手。おしゃべりなおじさん。

「優雅な船やねえ。燕尾服のゼントルマンに、きれいなドレスのレイディー。お金がうなっとるんで、カフェーのきれいどころがいっぱい迎えに行きよる。朝からネエちゃんを港へ運びどおしや」

運転手のおじさんは後部座席のドアを開けながらそんな話をした。

「さあ、ヤングレイディーのあやネエちゃんも、どうぞお乗りくださいませ」

綾子は唇をツンと突き出しながら答える。

「ネエちゃんって言わんといて。カフェーの女給やないし」

「おっとこれは失礼。もっと別嬪《べっぴん》さんやな」

「それも言わんといて」

たわいもない話をしながら、綾子は優雅なタクシー出勤をしたのだった。

さて、そのテルシン商会。アメリカ人のリチャード・テルシンが明治二年、外国人居留地に創業した貿易商社である。現三代目社長はトーマス・テルシン。神戸生まれなので完璧なバイリンガル。日本語はやわらかい関西弁だ。春団治のものまねが得意で、初対面の客はほどなく、西洋人の顔と関西弁のアンバランスに面食らってしまう。

ビルの玄関から続く吹き抜けは回廊で、大理石の床を進むと会社の玄関は両開き扉。入るとそこは受付を兼ねた応接室になっている。天井は高く、事務所部分とはパーテションで仕切られているだけ。アメリカンルネサンス様式の開放的なオフィスだ。

応接室には檜素材のローテーブル、二人掛けベンチシート、一人掛けの丸い椅子が二脚と西洋風のしつらえだが、この家具は日本製である。アメリカやドイツから輸入もできるが、トーマスは日本の家具を使うことで西洋との架け橋になろうとしているのだった。じっさい、丸い座面の椅子をつくる技術は当時、日本では神戸にしかなかったという、神戸にとって誇らしい事実もある。

大正から昭和へと移るにしたがい、外国企業の多くは葺合区磯辺通方面へ移転した。旧居留地の空いた場所には川崎、三井、三菱、岡崎、兼松といった日本商社が進出したが、トーマスは会社を創業地に残した。国籍をまたぐ雑居気分こそ自分らしい、そんなふうに思っていたのだ。

トーマスは来客を送り出したばかりで応接室にいた。

そこへセーラー服姿の綾子が来た。

「はい、あやちゃん、いらっしゃい。今日も元気かい」

トーマスは一九〇センチ。綾子とは五〇センチの身長差がある。綾子は背筋を伸ばす。顎を上げ、息をおおきく吸い込んでから発音した。

「グッド・アフタヌーン・ミスター・テルシン。アイム・ファイン。ハウ・イズ・ユア・ビジネス?」

綾子はトーマスの日本語にも英語で返す。複雑な内容は話せないけれど、高女を卒業したら外国の会社で働く。神戸モダンガール憧れの「キャリア」をめざしているからだ。

トーマスは愛想がいい。

「オー・ウイ・アー・ファイン。サンキュウー・ベリー・マッチ」

綾子の英語学習につきあう。一問、二問と投げかける。この日はこう続けた。

「ホワット・イズ・ユア・フェイバリット・ソング、アヤ?」

「オウ、グッド・クエスチョン」

綾子はすぐに答えた。

「マイ・フェイバリット・ソング・イズ・ワスレチャイヤヨ」

「ワスレチャイヤヨ?」

綾子は歌った。そして「ねぇ」にため息を混ぜた。

「オウ、セクシー・ソング」

トーマスはまた訊ねた。

「ホワット・イズ・ザ・ベスト・ムービー・ナウ?」

待ってましたの質問。神戸は日本のハリウッド、アメリカのパラマウントやワーナーの日本支社がある街なのだ。綾子は神戸っ子。もちろん活動写真の大ファン。

新開地通には九軒の活動写真館が並び、三宮にはつい最近、ハイカラな阪急会館ができた。とはいえちょっと高い(二等席でも五十銭)。女学生が連れ立って行くのは、花隈《はなくま》高架下の本庄喫茶店《ほんじょうきっさてん》映画館だ。小ぶりなスクリーンだけれど、十銭で古い洋画とニュース映画を一本見られる。そしてトーマスはその本庄さんと友人なのだ。綾子と居合わせたことが何度かある。

ふたりは映画となれば盛り上がる。この日の話題も『モロッコ』のゲーリー・クーパーとマレーネ・デートリッヒ。『丹下左膳《たんげさぜん》』の大河内伝次郎《おおこうちでんじろう》と続いた。

そんなやりとりを社長秘書の眉美《まゆみ》が奥からにらみつけていた。

彼女は実は、綾子の母である。

眉美がいてこそ、綾子はテルシン商会での奉公見習いを頼みこめたのだが、この母が厳しい。

「あや。なんですか、さっきの歌は」

「歌って？　あ、アイム・ソーリー・ママ」

「なにがアイム・ソーリーですか」

隙のないスーツ姿。白い肌に赤い唇。鋭い声。

眉美が話すと空気が緊張する。社長はトーマスだが、おぼっちゃま育ちで気がやさしい。会社を引き締めているのは眉美である。社員たちは仕事の手を止めないまでも、聞き耳を立てた。

あやちゃん、叱られるぞ。

お母さん、こわいぞ。

しかし眉美は言った。

「歌うならもっと上手に歌いなさい。下手な『ねえ』も許しませんよ」

オフィスの緊張が笑みに変わる。眉美には尊敬のまなざし。

綾子は言った。

「アイ・アンダースタンド」

「テーブルを片付けなさい。お客さまのカップが出ているじゃない。気づいたらすぐ動くのよ」

「はい、かしこまりました」

接客テーブルには来客用のティーカップと英字新聞が残っていた。居留外国人向けの『コウベ・クリニクル』である。オフィスには他にイギリスの『タイムズ』、アメリカの『ニューヨーク・タイムズ』『サンフランシスコ・クリニクル』がある。月遅れだが、船が着くたび回してもらっているのだ。マガジンラックには『ヴォーグ』と『ハーパーズ・バザー』もある。雑誌は客室に残されたものを譲り受けている。綾子はこれが楽しみでならない。季節外れの内容になりはするが、そこにあるのはまぎれもなく西洋の最新ファッションなのだ。神戸がいかに西洋風であっても、職業婦人が誕生したとしてもそこは日本、街を歩く女性のほとんどは和服姿だ。ココ・シャネルが女性の装いを解放して二十年、誌面には進化を続ける女性の姿が、社会で活動する女性のファッションがあふれている。綾子はいつも、寸分見逃してなるものかと見る。

しかしこの日、綾子の目を引いたのは日本の雑誌、『婦人倶楽部』だった。貴族院議長、近衛《この》文麿《えふみまろ》が表紙になっていたからだ。綾子はマガジンラックに見つけるやいなや、立ったままページを繰った。

近衛家は皇族でもっとも格式が高い家柄で、先祖は藤原鎌足《かまたり》だという。とはいえ文麿が婦人雑誌の表紙になるのは彼が血筋だけの貴族ではないからだ。身長一八〇センチ、ゴルフを愛するスポーツマン、英語も話す。そんなプリンスでありながら、電車の中で見そめた千代子と二十二歳で学生結婚し、家柄を乗り越えた恋と大きな話題になった。二十五歳で貴族院議員になり、いま貴族院議長、そして次期総理最有力。自由闊達で若き公爵宰相の誕生を国民は望んでいる。婦人雑誌は映画スタアのように取り上げる。

綾子はいつのまにか座って読みふけっていた。

眉美が横にいた。

「何をしているの？　あなた、お客さまですか」

綾子は飛び上がるように立った。

「さっさと着替えなさい」

「ラジャーです、ボス」

「ここは軍隊でもありません。返答にも気品を持ちなさい」

電話が鳴った。綾子はびくっとしたが、眉美は表情を動かすこともなかった。デスクへ戻り受話器を取り上げた。黒光りするベークライト製の電話器。

「テルシン商会でございます」

相手は外国人だとわかって、眉美は言い直した。

「テルシン・カンパニー、メイ、アイ、ヘルプ、ユー？」

神戸オリエンタルホテルの社長であった。

ひとこと、ふたこと、時候のあいさつをしてから、トーマスに声をかけた。

「ビゴさんです」

トーマスはうなずいた。そして眉美のデスクへ進むと電話機そのものを持ち上げた。

綾子は素早く社長室の扉を開け、トーマスは電話機を抱えたまま社長室へ入った。眉美は電話機のコードが扉に挟まらないようにさばきながら一緒に入った。トーマスの話し声が事務所へ漏れ出す中、眉美はデスクへ戻った。

日本社会に電話回線は少ない。そして高額。設備負担金は四百五十円。即刻の買い取りなら千二百円。初任給三十円の時代に大金である。小規模の会社なら電話は一台きり。それで他のデスクでも通話できるようコードを長くしてある。

高校生の綾子もそんな事情を知っていた。費用も知っていた。

眉美がことあるごと、娘にものの価格を教えているからだ。

「女も世間を知る必要があります。経済はいちばんわかりやすい入口です」

トーマスが出てきた。電話機を眉美のデスクに戻しながら、ひと言ふた言話した。眉美は万年筆でメモを取る。英語だ。綾子はそんな母の仕草を見ている。

続いて社長室からもうひとり出てきた。ゲストがいた。恰幅のいい外国人。

「あ、ベルケンさん」

綾子はすぐに言った。

「ずっとそちらにいらっしゃったのですか。あ、いや、違った」

綾子はあらためて背筋を伸ばし、顎を上げ、息を吸い込んで言い直した。

「グッド・アフタヌーン・ミスター・ベルケン、ハウ、アー、ユー、トゥデイ?」

旧居留地二十番で写真館を経営するドイツ人、ベルンハルト・ベルケンである。

この時期、写真の世界に技術革新が起こりはじめていた。アメリカのコダック研究所がカラーフィルムを発明したのである。

ドイツのカメラとアメリカのフィルムを組み合わせればビッグ・ビジネスになると、ふたりは手を組み、ビジネス化の相談を重ねてきたのであった。

ベルケンはあっさり日本語で答えた。

「アヤちゃんの歌が聞こえました。若い女性の明るい声、これ以上のものはありません」

綾子は英語のあいさつをどう続けるか思案していたが、眉美は言った。

「あや、遊びに来たのではないですね。さっさと準備しなさい。あっという間に日は暮れるのですよ」

「はい。すみません」

綾子は母のデスクの後ろへ回った。壁際のラックにスーツがかかっている。綾子の仕事は雑務、多くはお使いだったが、婦人雑誌に紹介されるような服を着て出かけるのである。女性の意識も世界へ開かれねばならない、意識は装いから。経済学とともに、それも眉美の教育であった。

スーツを着る、唇に紅を引く。お使いとはいえ神戸居留地には洋館が並ぶ。銀行、商社、領事館、ホテル……。

馬子にも衣装、ではなかった。溌溂《はつらつ》とした若さ。言葉遣いもすがすがしい綾子なのである。英語であいさつもできる。「キャリアレディになりたい」という目的意識の高さに母のしつけ。

綾子の立ち居振る舞いは好意を持たれ、どの先も綾子が来ると喜んだ。

ある日、オリエンタルホテルでのこと。鈴木商店の「お家さん」鈴木よねに話しかけられた。（あとで伝説の女性だとわかったのだ）。八十四歳の大御所が綾子の姿に感心したのであった。

「あなたに女性の未来が見えます。とても素敵ですよ」

綾子がいちばん多くお使いに行く先が、そのオリエンタルホテルだった。当代一流のホテル。レストランは日本で最先端の洋食。綾子もそこへ出かけるのがいちばん好きだった。

玄関に立つ、背筋を伸ばす、ヒールを大理石に響かせて歩く。ホテル側も、出入り業者は勝手口に回れ、と綾子には言わない。正面玄関から入ってくるのをむしろ歓迎した。

十五歳の素顔はまだ子どもであったが、洋装と化粧で、いっぱしのレディに変身する。

「素敵な人が作る素敵な景色こそ、ホテルの値打ちなのです。毎日お使いを頼みますかね」

綾子は、たかが配達ではあったが、支配人やシェフにかわいがられたのである。

そんなこんなで、ホテルに日参していると、トーマス社長、秘書の母とともに、ホテルの試食会へ招待されることになった。

「ロシアのオペラ歌手フョードル・シャリアピンが神戸を訪れたときに肉料理を作りました。ステーキ肉に炒めたタマネギとバターでつくった特性ソースを添えた皿だったのですが、評判がよかったので、定番にしようと思っています。東京の帝国ホテルでもメニューに載せようとしているのですけれど、ただ自分が思うに」

日本人向けにはアレンジが必要だ。バターを減らし、玉ねぎの「コク」を前に出すのがいいだろう。神戸には東京より良い牛肉と玉ねぎがある。調達の段階ですでに、東京に負ける気がしない。テルシン商会からの玉ねぎは、淡路島産で強い甘さとコクがある。

神戸牛の部位、切り方、焼き加減、合わせる玉ねぎの炒め具合、そのバランスを検証したい、とか、なんとか、であった。

試食した。綾子の第一印象は良かった。良かった以上に、ただただ、とてもおいしかった。

トーマスと眉美はこんな感想を言った。

――西洋料理と日本人シェフの技の結晶
――神戸にわざわざ来るお客様もいそう
シェフは訊ねた。

「お嬢さんのご意見は?」

キャリアレディならきっと「おいしゅうございます」だけで終わらせない。

自分なりの言葉を足してみよう。それでちょっと考えて言ったのである。

「へえ、そういう意見もあるか。なるほどね」

シェフはメモした。

綾子はその場面を思い出すことがある。ところが自分が何を言ったのか憶えていない。しかしシェフはレシピを完成させた。そしてそのレシピこそ「シャリアピンステーキ・マリアージュ」として、オリエンタルホテルのオリジナル料理となったのである。シェフが綾子の何を参考にしたのか、厨房を受け継いだ後年のシェフたちも知らない。とにかく、この時期の神戸は料理においても、西洋社会との接点だった。

そんなふうに、綾子は奉公修行を続けた。

世情は暗くなっていくが、綾子は未来を信じ、背筋を伸ばして神戸の街を歩いた。

綾子はセーラー服をスーツに着替え、お使いに回る。お使いがないときはオフィスで雑用をする。雑用とはいえ、スーツ姿で、立ち居振る舞いに気を配りながら、紅茶を淹れたりする。

「紅茶の淹れかたも西洋作法の勉強です」

たしかに、洋食器で淹れる「ティー」は西洋の香りがした。

眉美は気品を保つことにとてもきびしかった。

「番茶を湯飲みに注ぐのとは気構えが違います」

とはいえ、紅茶はたいへんな品薄となっていた。戦争が迫る時勢に全量輸入の紅茶は贅沢品とされ、商工省が規制をはじめていたからだ。眉美はこのあたりの社会情勢について娘に説明しながらも、品薄の紅茶を切らさなかった。

終業時刻。社員たちが仕事を仕舞う。帰り際、社長にあいさつしたりしない。トーマスも気にしない。しかし眉美には一礼してから退社する。外資系企業であれ、眉美のデスクまわりは日本であった。眉美は全員からあいさつを受ける。そして最後まで残る。その日の首尾を確認するかのように。オフィスを見渡し、鍵をかけて帰る。

トーマスは残業しない。家庭に小さな二人の娘がいる。アメリカ人らしく、ディナーは家族と食べる。料理をすることもあり、最初に退社することも多かった。

しかしこの日、トーマスは社長室から出てこなかった。

眉美は、自分の退社が遅くなるとわかる。

「あやは帰りなさい」

綾子はスーツを脱ぎはじめる。たまにある日常。

夕飯当番だ。嫌がることはない。

母と娘ふたりの暮らし。眉美の夫、あるいは綾子の父、新谷孝造は港湾技術者で、日本軍に帯同して旅順にいる。綾子の四つ違いの兄、崇《たかし》は二年前、大阪商科の学生となり、ひとり大阪で下宿生活をしている。

八百屋と魚屋、豆腐屋に寄ろうか、と考えながら、セーラー服姿に戻った。

母のデスクへ行く。しっかりあいさつする。

「お先に失礼いたします」

とそのとき、社長室の扉が開いた。

トーマスが出てきた。ひと言あいさつしよう。英語で何て言えばいいだろう。しかしトーマスは深刻な雰囲気だった。

続いてベルケンも出てきた。提げていたドクターバッグを眉美のデスクに置くとひと呼吸置き、トーマスに向きなおった。

そしてその男性ふたり、抱き合ったのである。

互いの腕を強く相手の背にまわしている。

ええ……

実は、ベルケンはこの日、別れを告げに来たのであった。

ヨーロッパにおける情勢の変化で、ドイツとアメリカの決別が決定的となっていたのである。

ベルケンは眉美にやわらかな笑顔を向けた。

「帰る日が決まりました」

「そうなのですね」

眉美は事情を感じてはいた。この日が来るだろうと思っていた。ベルケンは笑顔をくずさない。

「故郷でグレープを作ります。うちの一族は農家なんですよ。ちょうど摘み取りの季節です。

いきなり働かなくちゃならないね」

綾子が横から反応した。

「グレープですか。いいなあ。最後に食べたの、いつだったかしら」

ベルケンは答えた。

「いずれ、いっぱい差し上げますよ。そのまま食べる黒ぶどうも、自家製のワインも、どっちも一級品です。我が家の自慢」

「すばらしいです。私もいつか、ドイツへお訪ねしたいです」

綾子の無邪気な言葉にも、眉美はまぶたをきつく閉じていた。唇を引き絞っていた。ベルケンは摘み取りなどと言っているが、気楽に農業ができるはずもないだろう。

眉美にはわかっていた。ベルケンはそんな眉美にからだを寄せ、そっと肩を抱いた。友情だけは永遠。信念は変わらないとでも言うように。

戦時色が濃くなる中でも、ベルリンオリンピックは開催された。アメリカも外交努力として大選手団とともに参加した。しかしやはり、大会は人種差別や反ユダヤ主義、暴力的なナチス政権誕生への勢いづけでしかなかった。ヒットラーの宣伝活動に加担してしまったことで逆に、アメリカはドイツと決別することになった。

日本も軍部が独走し、満州事変、国連脱退、国内では五・一五事件、二・二六事件などのテロを起こした。国連を脱退したドイツ、イタリア、日本は帝国主義の元、協定を結ぼうと動いている。協定が成れば、日本はアメリカの敵となってしまう。

そんな情況下でさえ、若い綾子に世の不気味さはまだ切実ではなかった。食料が乏しくなり、「ねえ」が発禁処分になるようなことはあっても、街には活力があった。恋愛映画も上映されていたし、女性乗務員が男性並みの給料をもらえる時代にもなった。アメリカという国には憧れさえ抱いていた。豊かな工業国、広い家に芝生の庭、プールやテニスコート。いつか日本も、自分も、そんな暮らしができる。多くの日本移民が海を渡り、先駆者として、かの地で頑張っている。じっさい日本人は他のアジア人よりアメリカ文化への同化力を示しながら白人社会で暮らした。ところがそういった同化こそ、強大化する日本帝国の領土拡大野心と結びつけられ、危険であると差別された。土地所有はできず、子どもは公立学校に通えなかった。アメリカ現地での排日論は根強かった。

トーマスも眉美も、そしてベルケンも、貿易に関わるビジネスマンは、そういった現実を知っていた。異文化接触による摩擦は相互の無知、鈍感、不安から生じる。偏見、誤解は悪循環を生み、差別、排斥へ。ついには暴力こそが合理的な解決であるという理論付けが行われる。

神戸の居留地という異文化交流の根付いた場所で出会った人間には、変わりゆく世界の現実は哀しみでしかなかったのだ。

　ベルケンは言った。

「来週早々の船に乗ります」

　眉美は、

「ご自愛ください」

　と、やっと答えた。

　ベルケンは眉美の小さな声に感激ひとしお、という目になりながら、眉美のからだを離してテーブルへ動いた。そしてドクターバッグの口を開くと、ゆっくり、ロイヤルブルー色の、ビロード生地に包まれたものを取り出したのである。

「これをぜひとも、眉美さんに贈りたいのです」

「なんでしょう？　わたくしにとは」

　ベルケンが包みを解きながら言った。

「職人がなかなか見つからなくてね、こんな際になってしまいました。間に合ってよかったです」

　カメラであった。

「これは……」

眉美は目を見張った。

「これは、あなたのライカではないですか」

「はい、復活しました」

ベルケンはこのライカを抱えては神戸の町を歩いた。腕前はたいしたもので、市井の人々を写した一連は外国人倶楽部のイベントになる程だった。ところがこのライカ、自動車事故に巻き込まれ動かなくなっていたのである。

「あんなに壊れていたのに」

眉美も写真を趣味にしていた。眉美のカメラは質流れのマミヤで、舶来のライカなど遠い憧れ。そんなカメラを巻き込んだ事故をベルケンから聞き、なんと残念なことか、と覚えていた。

「ドイツの機械は構造が強いのです。設計もたしか。だから、ほら、元通り」

ベルケンは手に取り、巻き上げ、シャッターを切った。切れ味爽やかな機械音。

眉美も持ち上げ構え、シャッターを切った。

カシャ。

「ああ、いい音」

ボディは以前にも増して磨かれ、黒光りしているように見える。

「素晴らしすぎます」

うっとりと眺めた。

「ぜひ使ってください、眉美さん。心からのギフトです。友情の印として」

「このライカを？　まさか」

「まさかではありません」

眉美のまゆが困っている。

「一度だけお借りしました。それでもうじゅぶんです」

逡巡するしかない。このカメラの値打ちを知っていたからだ。

ライカは最低でも五百円した。一般社員の月給が三〜四十円、部長クラスでも百円。しかもこのライカは、特殊な小型機のA型、レンズはヘクトール、製造数が少ない希少品で、日本国内に存在していること自体が奇跡としか言いようがない。自動車事故の前に一度、貸してもらい、眉美は神戸の街を撮った。そのあと現像を頼みに、芦屋の写真館ハナヤ勘兵衛を訪れた。

写真館の主は驚き、食い入るように見つめた。

「A型やないか」

とあちこち触り、あちこちいじり回した。

「こりゃあ、キャパが最前線で使うやつやで。はじめて見たわ。へえ、これでっか。感動やね」

戦闘を追い、塹壕に隠れながら瞬間を切り取る。大型のカメラは使えない。ロバート・キャパはこのライカで、数々のスクープをものにした。

「やっぱりだめです」

眉美は拝むように、ベルケンへ差し返す。

ベルケンは大きな手で、やんわりと押し戻す。

「国産品ですよ。帰ればまた買えます。気にすることはありません」

「でも、これ、愛機でしょう」

「私にはもっともっと、愛しているものがあるのです」

ベルケンは言った。

「神戸で過ごした時間です。神戸で過ごしたしあわせな時間です。眉美さん、神戸を撮ってください。また会う日に、あなたの撮った神戸を見せてください。未来を信じる人々の姿を留《とど》めてください。それが私の願いです」

眉美は小さなライカを見つめた。そして愛おしそうに、いくぶん申し訳なさそうに抱いた。

そこへトーマスが寄り添った。
大きな西洋の男ふたりと小柄な眉美。身長差はあったが、三人は触れ合った。
綾子もトーマスに引っぱられた。
トーマス、ベルケン、眉美は涙目になっていた。綾子は目をくりくりさせながら、
「おかしな四人チームだなあ」
とただ抱きしめられていた。

二十二

わたしは部屋の窓から神戸の空を眺めた。
冬近い空、白くて高い。
遠くに神戸港、その手前に綾子も働いていた旧居留地がある。
もしわたしがあの場にいたら、どんなことばをかけただろう。
いいえ、ことばなんて、かけられたはずがない。

わたしは後世のひとだから、三人のその後を知っている。

三人とも戦争の犠牲者になったのだ。

ベルケンさんが帰国した四年後、世界は大戦に巻き込まれた。アメリカはヨーロッパでドイツと戦い、太平洋では日本と戦った。

ふたりとも士官となって従軍した。そしてともにフランス・ノルマンディ海岸が最期の地だったという。上陸作戦でアメリカとドイツは向き合った。

敵の中に友がいる。そんなことを思いながら、銃を向けたのだろうか。愛国心という名のもと、友情を憎悪に置き換えたのだろうか。

眉美さんは神戸大空襲で亡くなった。東灘の航空機工場で勤労奉仕をしていたとき攻撃に遭ったのだ。焼夷弾《しょういだん》に焼かれた遺体は、誰が誰か区別もつかないほどの黒焦げだったらしい。夫の孝造さんは大陸で病死していたのだが、戦死公報は届いていなかった。眉美さんは伴侶の死を知らされないまま亡くなったということだ。

タイムマシン・ドローンが運んできたテルシン商会のシーン。わたしは食い入るように見た。心をつなぎあう人たち。戦争の無情を嘆きながらも、自らの死が迫ることを予感しながらも、友情を信じる人たち。

そんな風景の中に、小さなライカがいた。

そしてそのライカがいま、わたしの手元にある。

あやばあちゃんが亡くなった後、わたし宛てに届けられたのだ。

こんな歴史を背負ったカメラだと、ぜんぜん知らなかった。カメラは四人の輪の中にいて、哀しくも、美しい場面を見ていたのだ。

そしてわたしは知った。気にもせず、まったく忘れていたことがある。

紅茶の缶だ。あやばあちゃんがテルシン商会で「西洋作法」練習のために淹れていた、あの紅茶。網屋家から届けられたライカはビロード生地に包まれ、その缶に入っていたのだ。

わたしはライカに驚き、いっしょに入っていたものに注意を払わなかった。しかし思い出した。ロイヤルブルーのビロードはあの時の包みではないか。

そして缶には何枚か写真も入っていた。写真は取り出していない。

その写真、ひょっとして、あやばあちゃん、いや、眉美さんや、ベルケンさんが撮ったものかもしれない。

捨てていないはず。気にとめることもなく置いてあるはずだ。

お母さんが勝手に捨てたとか？　えらいこっちゃ！

階段を飛ぶように降りた。玄関を出る。自転車置き場。そこの棚の上。

あった！　あった！

つま先立ちする。指先に乗せながら下ろす。

まさしくこれ。テルシン商会にあった紅茶缶。

蓋に爪を引っかける。固い。十円玉、十円玉…と財布から一枚。蓋はパカと開いた。

まさしく写真が入っていた。

もしかしたらゴミにしていたかもしれないような場所に置いていたとは。あやばあちゃんの遺品かもしれないのに、ずっとずっと、わたしを待っていたかもしれないのに。

すみません。わたしはアホです。

反省と撥《は》ねる心。缶を抱えて部屋に戻った。


写真は白黒。印画紙は厚くてゴワゴワしている。戦前の紙なのだろう。

古い神戸の風景だ。居留地、洋風建築、海辺のプロムナード、日傘の外国人、人力車、市電、元町の商店街、布引のハイキング、六甲山のゴルフ。

そして、テルシン商会で撮った記念写真。

背の高いトーマスさんとベルケンさん、眉美さん、綾子の四人が並んでいる。ベルケンさんが別れを告げに来たあの日だ。涙を流した時間をひとしきり過ごしたあとで撮ったのだろうか。おとなたちの表情は引き締まっている。十五歳の綾子だけは無邪気に見える。

でもきっと、彼女も何かを思っただろう。確かめるすべはないけれど、ばあちゃんはカメラとともにこの写真も遺した。あとはわたしが考える、そういうことなのだろうか。

缶の中身を確かめた。底が見える。

「これで全部よね。もうないよね」

と上下逆さまにした。すると、

ぽたり、

と、封筒が落ちた。

「え？」

もう一度缶をのぞき込んだ。封筒？　どこに隠れていた？

端が茶色に焼けた生成りの封筒。貼られた切手も見たことがない。額面は四銭。

絵柄の人物は誰、とスマホで調べると、それは東郷平八郎である。

まぎれもなく昔の郵便だ。宛名欄のところ、インクは薄くなっているが、新谷綾子さまと書いてあるのがわかる。のりは剥がれ、封が開いている。便せんが入っている。引き出してみれば一枚の写真が包まれていた。

驚くしかなかった。

うそ。

うそ。

これは、わたしが撮った奇跡の一枚ではないか。

神戸新聞にも掲載された写真ではないか。

この缶にしまったか。いえいえ、缶のことなどぜんぜん知らなかった。知っていたって、ここに入れるはずはない。ええかげんなわたしでも、自転車置き場の棚にほったらかしにすることはない。お母さんが？　それもありえない。

印画紙は古い。やはり眉美さんが撮った写真なのか。

もしや、
彼女も吉兵衛さんに昔の景色を見せられたのか。

それを撮ったのか。それを娘の綾子あてに送ったのか。

だからわたしがはじめて、その写真をばあちゃんに見せた時、「懐かしい」と言ったのか。

でもこの一枚だけはカラー写真だ。コダックがカラーフィルムを発明していたらしいけれど、トーマスさんやベルケンさんがそれを商売にしようと相談していたけれど、あの時代の神戸で現像できたのか？

よくよく見た。虫眼鏡も使った。編み目のある印画紙。インクジェットプリンタじゃない。

うっすらした光の加減は、絞りを開いて写した色じゃない。退色しているのだ。

だからこれは、わたしの写真じゃない。

でも、夕陽の朱さ、陽の傾き加減、白い波が寄せる瀬、沖合の帆掛け船。見た目の色は寸分違わない。

これは吉兵衛さんの景色だ。

吉兵衛さんがわたしに、そして眉美さんに見せた景色だ。

眉美さんはそれを封筒に入れ、郵便切手を貼り、娘に送った。

そして娘だったあやばあちゃんは、ベルケンさんが眉美さんに託したライカとともに、わたしに遺したのだ。

歴史を引き継ぎなさい、引き継ぐのはあなただ、と。


ああ、もう、わたし、どうしたらいい？

泣く？　笑う？　よろこぶ？


フィルムカメラを使う事はなくなっていた。写真部に所属していたとはいえデジタルの時代に生きている、ライカも試しに、一度使った事があっただけ。

でもぜんぜん違う。骨董品にするようなカメラじゃない。

わたしは、撮らなければならない。

写真を見る。薄くなった封筒の宛名書きを見る。

もう一度、缶を確かめる。中身はこれですべて。

写真を包んでいた便せんをしげしげと見つめた。すると気づいた。便せんは二枚ではなく三枚重ねになっている。そしてその三枚目には文字が書かれている。ぴったりとくっついていたのでわからなかったのだ。慎重に、三枚目を剥がした。三枚でもない、四枚目、五枚目。とても薄い紙だった。戦時下の窮乏かもしれない。

とにかくそれは手紙だった。

母眉美から娘綾子へあてた手紙だったのである。

前略　綾子さま

畑仕事はどうですか。モダンな暮らしに憧れるあなたですから、文句のひとつも垂れながら土をいじり、芋を掘ったりしているのかもしれませんね。とがった唇が目に浮かびます。ご無理をいって疎開させてもらっているのですから、三田《さんだ》のおうちでは、どんなことにも感謝の気持ちで向き合わねばなりませんよ。畑仕事ももちろん、ねずみ退治でも、くみ取りでも進んでやることです。

大阪は米軍のものすごい爆撃に遭ったそうです。神戸市街も三月の空襲でそうとう焼かれました。東側の工場地帯にも大空襲が来るというので、私も疎開を強く進められています。それに、みなさまから白い目で見られていることも感じます。ひとときアメリカ人の会社で働いていたことが理由なのでしょう。食材を売るだけの平和な仕事だったけれど、世間さまに実態はわかりません。弁明もできません。親しい友人の息子さんが南方で亡くなりました。アメリカと戦ったのです。彼女は私にひどいことを言ったりしませんが、息子を失った母の気持ちはいかほどのものか、私が思いやれるものではありません。崇も学徒動員で沖縄の航空部隊にいます。いつ出撃命令が下るやら。でもそれを話したとて、何の慰めにもならないでしょう。お父さんも大陸で戦っています。そして、トーマスさんもベルケンさんも戦地にいるのです。そうなのよ、ふたりはフランスで従軍しているの。アメリカ人が最後、神戸からいっせいに引き上げるとき、テルシンにつながる方が訪ねてきました。そしてトーマスさんとベルケンさんの消息を教えてくれたのです。

驚くしかありませんでした。仲のよかったふたりが、敵として向かい合っているというのです。

なんてこと。認めたくないけれど、これが世界の現実。

だからね、私はここにいるの。彼らと同じ場所にいるの。

私たちは同じ地球で生きている、それを感じていたいの。


トルストイがこんなことを言っています。

――人間には他者への義務だけではなく、自らの中に宿る精神に対する義務がある

戦争はいずれ終わります。だからまた会える。会う場所は天国かもしれないけれど、それならそれでいい。じぶんの精神だけは汚さず、天国へ持って行きますから。

生あるものは必ず死にます。死を恐れることはありません。でも、心だけは汚したくない。

でも、あなたは違います。現実と共に生きるのです。汚れようと倒れようと、生きることにしがみつくのです。ぜったいに死んではいけません。生きぬくのです。

新しい国を作るのは若いあなたたちです。あなたたちには、人々が持たされてしまった憎しみと不寛容を友情に変え、人間らしい感情をもう一度育てあう役割があります。その自覚を持ってほしい。だからぜったいに、命を粗末にしないでください。

もちろん私も命を粗末にするつもりはありません。

こんなご時世に、ひとりの人間ができることは限られているけれど、私は私ができることをやります。私に期待されている役割を全力で果たします。

私はそんなシンプルでピュアな感情を持っているのです。(シンプルでピュアって英語の表現、おしゃれだと思いませんこと。使っていいですよ)

綾子、もう一度言います。命を大切にして下さい。

感謝の気持ちをもって日々を過ごしてください。

感謝は未来につながる大切な感情です。

また、お便りします。三田なら手紙は届くでしょうしね。

ご自愛ください。

追伸　オリエンタルホテル・レストランの件
戦争が終わったら新しいことをしたい、とシェフに問われましたね。あなたのアイデアは誰にも思いつかないものでした。私も奇妙だと思ったけれど、新しいビジネスの武器になるかもしれないって、昨晩ひらめいたのです。母なりにアイデアをふくらませてみました。同封しておきます。未来のことに想いを馳せるのは、愉しいですね。

五月末日　眉美

手紙に記された大阪の大空襲は三月十三日、そして神戸の大空襲は三月十七と六月五日だ。その二度目の六月五日が、眉美さんの命日となった。だからこれは、母から娘への最後の手紙なのだ。

その時の心模様を想像することはできない。

でも四銭の切手を貼った郵便封筒は時を超えて配達され、いまわたしの元にある。

便せんの三枚目、それだけは横書きだった。英語を混ぜているからかも、と読んでみれば、それは手紙の追伸、レストランについての備忘録、あるいは娘にあてた眉美さんのメモだった。そして未来への希望を書いたものだった。

最後の行まで読み終えた。

涙があふれるしかなかった。

手紙を持つ手は震えにまかせるしかなかった。


なんてことなの。

奇跡、歴史、運命？

だって三枚目の便せんに書かれていたのは、竜馬さんがわたしに話したのと同じだったからだ。

竜馬さんは言ったのだ。

「勝先生がの、塾の中に『レストラン』ちゅうもんをつくる言いよるんじゃ。牛肉を食わせる西洋料理で、ゆくゆくは神戸で葡萄も育てて葡萄酒をつくる。熟成は難破船を倣うて、海ん中じゃき。生島さんが沖に海苔の筏を持っちうから、それを使えんか相談しとるらしいワ。このややこしいご時世に、のんきな先生じゃて」

第4章

二十三

神戸都心オーシャンフロント開発は着々と進んでいた。コロナで面倒くさい日常が続いてはいるが、バスケットボールBリーグのアリーナが第二突堤にできることも発表されたりした。

若輩のわたしごときがあれこれ考えなくとも、大きな枠組みで街は変化している。通勤を楽しくするプロジェクトも、街の変化に沿っていけばいい。

と思っていたところ、太田課長に呼ばれた。

「新谷さん、社長プレゼンはいつにしますか」

「もういいんじゃないですか。みんな、通勤にクレームないみたいですし」

「やりかけたことですよ。ケジメは大切です」

「ケジメですか」

「プロジェクトははじめるのも大切ですが、ケジメをつけるのも大切です。新谷さんが網屋吉兵衛の話題を出したことが、そもそもですからね」

そうだったか？

ん～　でも、そういうことなら。

よし。

「では課長、どんな提案でもいいですか」

「どんな提案でもって、考えたのですか」

「考えたも何も」

「かんがえたもなにも？」

わたしは胸を張った。

「とてもいい企画があります。うちの会社にとって、もちろん社長にとって、そして神戸にとっても」

課長は淡々と社長のスケジュールを調べた。

「では、来週にしましょう。金曜日の午後四時。ちょうど一週間後ですね」


で、わたしはプレゼンしたのであった。

田中総務部長（取締役）、太田総務課長、人事部長（取締役）、事業部からも数名、そして社長。

話し終わると、空気がすこしざわついた。

落ち着かない雰囲気。何これ？　わたし、変なことを言ったか？

プレゼンの内容は、駅から遠い通勤ルートを楽しく、などではなく、いかに会社そのものを浜辺のランドマークにできるか、会社の業務に無縁の人たちも行ってみたいと思うような仕掛けを取り込めるか、という論点で話した。オリジナル企画としては、会社がビルの一階に作ろうとしているレストラン（新規事業部が推進している）で「神戸海中熟成ワイン」を提供するというアイデアだ。海洋探査技術が近年格段に進歩し、海の状態が明らかになるにつれ、お酒の海中熟成が試されている。新本社は磯に建っている。目の前は海。そこで筏の上げ下ろしができれば、物流コストはほぼゼロ。ゼロイコール無料。云々…。

「そしてなんといっても、ここは生田の磯です。網屋吉兵衛が神戸の礎をつくった場所です。勝海舟と坂本竜馬も、ここに未来が開くとひらめいた場所です。レストランをつくろうなど、おしゃれな未来を思い描いた場所なんです」

わたしは気合いを込め、歴史話で発表を締めた。

テーブルの面々、戸惑った顔を向け合っている。

発言するべきか、せざるべきか、迷っているような目、目。

田中総務部長がその目を受け止めたものか、なら私が、とでもいう感じで腰を浮かせようとした。と、そこへ社長が発言したのである。田中部長は中途半端な中腰だったが、ゆっくり座り直し、小さく咳をした。

社長は訊ねた。

「坂本竜馬があなたに話したって?」

わたしは即座に答えた。

「元は勝先生のアイデアです」

「勝先生か。愉しい夢だね」

「夢ではありません」

と言いたかったが、そこは説明しにくい。わかってもらうなら野口さんたちと同じような手順を踏まないといけないし、それも、再現できるのか今は不明だ。だって、吉兵衛さんが見せてくれた景色は、あやばあちゃんが亡くなった時を境に昭和へ変わってしまったからだ。いまや何がどうなっているか、わたしにわかるはずがない。

そこでわたしはこう説明したのだった。

「坂本竜馬というわけではなく、もともとは勝海舟が長崎で、フランスの難破船から引き上げられた葡萄酒を飲んだことに始まります。勝海舟は海中熟成ヴィンテージの旨さを知り、神戸で再現しようとしました。それを、わたしたちが受け継ぐのです、網屋吉兵衛が開き、勝海舟も未来を見た神戸に、人が集うようにしよう。レストランを開き、ぶどうを育てワインをつくろう。いま神戸にはぶどう園があります。ワイナリーもあります。今なら生田の海で熟成させるヴィンテージという、彼らのアイデアを受け継ぐことができます。ブランドにはストーリーが必要ですが、こんなストーリー、小説家にだってつくれません……」

などなど、わたしは百五十年の時を経て、勝先生のアイデアをプレゼンしたのである。

テーブルの面々は渋い顔だった。

ただひとり、社長だけが笑顔だった。笑顔というより、笑いたいのをこらえ、ぎりぎり微笑で保っている、そんなふうに見えた。

この情況、いったい、なに?

社長はそんな顔をふつうの顔に戻した。そして田中部長に言った。

「畠山くんを呼んでくれるかな。例のレストランの企画書も持ってくるように」

「例の、と申しますと、どちらの」

「君たちが没にしたほうだよ」

「はあ、」

田中部長はため息とも、ひとり言ともつかぬ声を出したが、隣の課長に耳打ちした。

課長は電話をかけた。すると数分後、その畠山さんという社員がやって来た。

そしてファイルを田中部長に差し出した。部長は表紙を一瞥しただけで、それを社長の前へゆっくりと滑らせた。社長は数枚をめくり、ひとつのページで手を止めた。じっと見ている。

なんだろう、いったい。

わたしは立ったまま、待つしかなかったが、社長はそのページを指しながら言ったのである。

「ここを見てもらえるかな、新谷さん」

「え、わたしですか？　は、はい」

ページに書かれていたのは、

え、まじ。

それはまさに、海中熟成ワインの企画だったのである。

会社が建つ浜の沖に筏を下ろし、海中熟成ワインをつくろう、会社のレストランの目玉メニューにしよう、という企画である。

「新谷さん」

「はい！」

社長は言った。

「これを聞いていたのかな。畠山くんと話したことがあるとか」

わたしは畠山さんという人を見た。こんな人いたっけ？　という感じだった。入社一年目だから社員全員を知っているわけじゃない。でも、そんな大きな会社じゃない。本社に勤務する人数も二百人くらい。顔くらいは見ている。でもこのひと、誰？

もちろん、そんな疑問を声にはしなかったが、社長は言った。

「どちらにしてもね、新谷さん、海中熟成には反対意見が多くて、いまのところ没になっているのですよ。僕はやりたいですけれど」

田中部長は苦い顔をした。

「社長、取締役会でも討議されたことです。オリジナルワインは海中でなくてもつくれますし」

企画検討会議には神戸ワイナリーの工場長と醸造長《じょうぞうちょう》も出席したらしい。そして、海中熟成はやってみないとわからない、独自の味ができる確証はない、ふつうのセラー熟成で、いいものをつくりましょう、と発言したらしい。

田中部長は言った。

「それに未知の方法は、予想外のコストがかかるかもしれない。経費面のリスクも大きい、と否決されました」

「そこだけどねえ、やっぱりねえ、どうかなあ」

社長は言った。

「新谷さんが発表したではないですか。海中熟成のコストはほぼゼロ、イコール無料って」

わたしの毛穴がいっせいに開いた。あ、あれは勢いで、ぜったい無料でできるかは、いろいろ考えてみないとわからない、そこの発言、いったん取り消し……何か言わねばならぬ、気ばかり焦ったが、社長は続けた。

「役員会の決定にはもちろん従います。だから、こうしましょう。海中熟成のトライアル、ぼくがやります。会社のお金は使いません。それでいいですか、田中取締役」

「私に訊ねられましても」

総務部長は言った。

「社長のポケットマネーなら、会社としての再討議は不要でしょうね。ただ社員をその仕事にかり出すなら、部門長に承諾をお取りください。そうですね人事部長」

「は、私ですか」

人事部長は知らん顔をしていたが、振られたので言った。

「そうですね。そうしていただければ」

社長は言った。

「ご心配なく。会社に迷惑はかけません。でも、新谷さんだけには手伝ってもらうかな。これ、会社を楽しくするプロジェクトの続きだから。ね、それでいいじゃない」

「社長がそうおっしゃるのなら結構です。太田くん、じゃあ、そのプロジェクトは引き続き頼みます」

えーっ
この企画、進める？

社長は企画書の次ページを開いて、わたしに言った。

「新谷さん」

「はい」

「ここのところ。瓶詰めボトルを筏で沈めるところですが、じつはね、海中熟成は木樽でやりたいのですよ」

樽はスコットランドから、スコッチを熟成させた年代物を調達する。シングルモルトの香りが幾重にも重なったオーク材。そこに神戸ワインを仕込み、海中に沈める。五年、十年、あるいは二十年。木の樽だからこそ、海のミネラル、微生物、あるいは海の生命といったものが中身に干渉する。ステンレスタンクやガラスボトル熟成とは意味が違う。

「と、思うわけだ。なかなか、ロマンチックでしょう」

「はあ」

わたしはためいきみたいな返答をした。たしかにロマンチックかもしれない。おおいなる夢だ。とはいえ少し残念でもあった。海中熟成はわたしのオリジナル企画ではなかったということだ。わたしこそ歴史を引き継ぐ人間、と勢い込んだ心は少ししぼんだ。でも、そうでもなかった。

社長のつぎの言葉が、わたしのかすかな記憶を呼び覚ましたからだ。社長はこんなことを言ったのだ。

「でも木樽だから海で五年保つかどうか。浸透圧とかは慎重に計算して、沈める深さを決めるけれど、毛細血管現象もあるだろうし、ましてや、十年、二十年ヴィンテージなんか、無理かなあ、とも思う。常識的にもね。醸造長がやめた方がいいというのは、このあたりもあるんだろうけど」

浸透圧？　毛細血管現象？

過去へ飛んだあるとき、わたしがめまいに襲われたとき、意識の向こう、夢かうつつか不明だったとき、この疑問について操練所の浜で男たちが議論していたのだ。いろいろなアイデアが飛び交っていた。わたしはそのときの議論を覚えている。わたしは言った。

「木樽にはハゼノキを使えばいいんです」

「ハゼノキ?」

「ろうそくの原料になるハゼの蝋です、それを樽に塗ればいいんです。和ロウソクの職人さんがやるように、うすくうすく何重にも塗るんです」

「木蝋《もくろう》だね」

社長は言った。

「自然の木から採れる蝋なら、木樽と一体化するかもしれない。防水機能がありながら、海の宝物をワインに伝える」

わたしに社長の知見はわからないが、いま知った情報をかみしめているのがわかる。

他の面々は逆にどんどん興味を失っていくように見えたが、わたしは社長の思惑に乗っかった。

「ハゼノキなら薩摩です。伊東祐亨が話していました」

社長はすぐに言った。

「わかった。じゃあ、その伊東さんをぜひ呼んでください。いろいろ相談したいです。それに薩摩なら、畠山くんとも相談すればいいですよ。うん、いいぞ。これはいけるかも。ははは。それでは、よろしくね」

社長は田中部長に目配せした。田中部長は無表情で、のっそり立ち上がった。

「では、これにて会議は終了します。みなさん、おつかれさまでした」

社長も立ち上がった。そして会議室から出て行った。

太田課長も出て行った。ねえ課長、と呼びかけようとしたが、畠山さんがテーブルに残っていた。わたしが発表した資料を見ている。

この人と相談？　何を？　と思う間もなく畠山さんは言った。

「海中熟成の企画は、畠山家でも長年考えていました。社長がやろうと乗ってくれましてね、驚きながらも、企画書を提出しました。成果が期待しにくい、コストのリスクが計れない、と没になりましたが、こんなかたちではじめることになるとは、楽しい驚きです」

畠山さんと目が合った。

わたしはその目に、時を超えた向こうを見た。あれやこれや議論する男たちを見たのだ。

わたしは訊ねた。

「畠山家で長年考えていた、とおっしゃいましたね」

「かれこれ、百五十年ですか」

わたしは確信した。

「小豆屋さんなんですね」

「これは、なんと」

畠山さんは驚きを隠さない。

「いやあ、はじめてですよ。小豆屋と言い当てられたのは。薩摩がキーワードですか？　畠山家が兵庫津で薩摩藩の御用をつとめてきたのは事実です。でも歴史書に載るか載らないか程度の史実です。それに、薩摩のことを話したのは私じゃない、新谷さんですよ。伊東祐亨の名を出したのも。新谷さん、すごい歴史研究家ですね」

「いや、そうですね、でも、歴史研究家というよりも」

「というよりも？」

「歴史探検家、でしょうか」

「探検って」

畠山さん、部屋に入ってきたときは物静かな人かと思ったが、どこかに点火したのかもしれない。矢継ぎ早に質問を繰り出した。

「探検とはどうするんですか。図書館ですか。中央図書館ですか。もしかして、国会図書館。ネット？　すごい友だちがいるとか。大学教授とか。そしてどうするのですか。調べてからゆかりの場所を訪ね歩くのですか」

「図書館にもこもりますし、ゆかりの場所も調べます。ですが」

ひと呼吸おいてから、言った。

「訪ね歩くのではありません」

畠山さんは、まだわたしが何か言うと思ったのか、質問を重ねては来なかった。

返答を待っている。畠山さんは興味津々。視線がきつい。

期待には応えられない。ここから先の説明はむずかしい。

でも話してみよう。迷路に迷いこむだろうが、事実だから話すしかない。

「歩くのではなくて、飛ぶんです」

案の定、畠山さんは迷路に入り込んだ。

仕方がない。ただ、畠山さんの迷いこみ方は、ほかのひととは少し違った。

「飛ぶというのはイマイチつかめませんが、その探検というのは、新谷さんが、網屋吉兵衛翁からつながることに関係があるのでしょうね」

「網屋家のこともご存じなんですね」

「はい、社長から拝聴しました」

社長ですか。どこで何を喋っていることやら。

わたしは言った。

「関係は、おおいにあるかもしれません」

「おおいにある……」

わたしはすぐには説明を続けなかった。ちょっと話したところでわかるはずはないから。でも彼は畠山家の子孫なのだ。この出会いも、歴史の必然かもしれない。話すべきひとが現れたのだ。

「ひとつずつ説明させていただきます。とっても奇妙な話ですが、とっても愉しい話なんです」

「愉しい話」

「話というより物語ですかね。そして物語のなかには、兵庫津の小豆屋当主だった畠山助右衛門さんも登場します」

助右衛門の名に、畠山さんはさらなる驚きを見せた。

「うちの先祖のことまで。これはこれは、参りました」

わたしたちは仲間だ。勝先生や坂本竜馬の意思をかたちにしていく仲間だ。

今日はこのくらいにしておこう。話し合うことはいっぱいある。

わたしは背筋を伸ばし、両腕をからだの側に沿わせた。

そしてぺこりと頭を下げた。

きっちりあいさつをしておかなくちゃ。

「畠山さん、ふつつかものですが、新谷きらり、二十三歳、これから、どうぞよろしくお願いいたします」

なにやら嫁入りのようなあいさつをするわたしであった。

二十四

生田の磯の海中に、ワインの大樽を三つ沈めた。単一種はピノ・ノワールとシャルドネ。もう一方はカベルネ・ソービニオンとメルローのブレンドで「混醸」という手法にチャレンジする。複数の品種を果実の時に混ぜ合わせたのち、同一のタンクで発酵させる手法だ。ワイン造りの原始的なスタイルで、ブドウの品種研究や栽培方法が確立されるずっと前からおこなわれていたという。

「昔に戻るんですからね、これがいいじゃないですか。酵母も天然を使います。醸造管理に手間がかかるので手を出しにくい手法ですが、海中という環境なら、自然がすべてを引き受けてくれるかもしれない。可能性は無限ですよ」

と、神戸ワイナリーの醸造長も結局このプロジェクトに参加したのだった。どちらかといえば、いま意気揚々。

わたしの頑張りがあったから実現となった。それは一部だ。社長がわがままを通しきった、というのも大きい。それよりも、畠山さんは農大で自然界の微生物を研究していたひとで、彼の科学的な仮説が、ワイナリー醸造長の探究心を刺激したのであった。

畠山さん、実はすごい学者なのである。

——天は必要な時に必要な人を天から降ろす

『竜馬がゆく』に書いてあった、司馬遼太郎さんの格言めいたことば。

いま畠山さんにあてはまる。

しかし畠山さんは答えた。

「天が降ろしたのは、ずばり、きらりさんですよ」

「わたしですか」

「あなたがいたからこそ、このプロジェクトが始まりました。百五十年の年月を経て」

わかってくれる人がいるのはうれしい。喜びである。

勝先生、竜馬さん、小豆屋の畠山さん、そこに新谷家のわたしが参加した。

ＳＮＳで日々を綴れば盛り上がる気がする。それは今を生きるわたしの役割だ。と思っていたのだが、プロジェクトについて、新聞やテレビで話したのは社長だった。

「この浜に本社を移転すると決めたとき、早速ひらめいたのです。レストランを作り、ワインは海中熟成をやってみようとね。そうです。僕が思いつきました」

おやまあ。

まあ、間違いではない。もちろん、事業はプロデューサーがいてこそできるのである。わたしが資金を出せるものではない。わたしの役割はそこにはない。それに、わたしが取材されたら、何をどう答えたものか。社長が矢面に立ってくれるのは、もっけの幸いである。みんな、それぞれの役割を果たすのだ。

坂本竜馬は刺客に襲われ天に召された。享年は三十三歳。

現代は寿命が延び刺客もいない。わたしはきっと、もっと生きる。

とはいえ、長くて百年。ひとりの人生が、たった百年の歴史に残すしるしなど、シミのようなものでしかない。

でも、それを悩むことはない。精いっぱい駆け抜ければいい。

坂本竜馬の一生をふりかえれば、わかるではないか。

浜に立ち、海を見る。海中にワインの樽が休んでいる。

「うまく育ってくれるといいですね」

声をかけられた。社長だった。

「社長、おつかれさまです。はい、おいしいワイン、期待したいです」

「そうですね……ところで新谷さん、伊東さんはいつ呼んでくれるのかな?」

「いとうさんって、いとうすけゆき」

??

「え、薩摩のいとうすけゆきですか」

「あなたが言ったのですよ」

木樽にハゼノキから採れる蝋を塗れば浸水を防げる、というような話をわたしはプレゼンに加えた。畠山さんが薩摩の御用商人小豆屋の末裔、と知るおまけもついた。でも二十一世紀なのであった。木樽の浸水を防ぐ技術など、いくらでもあった。伊東祐亨は呼ばなくていい。

でもこのちょっとした社長との会話は、わたしの記憶を呼び覚ませた。心がせき立った。あの浜で、男たちがわいわい話していた結末はどうなったのだろう。海軍操練所は短期で閉鎖されたけれど、外国人居留地ができ、神戸は日本でいちばん西洋文化がひろまった都市へと発展したのだ。彼らの誰かはきっと、神戸で何かをはじめている。神戸に居座り、何かのきっかけを作っている。

彼らに会いに行こう。マジックタイムに出かけてみよう。

幕末へ飛べるかわからないが、吉兵衛さんに念じてみよう。

昔の神戸を見られる。と、いくら説明してもわかってもらえなかったころとは様変わりし、いま、

「ドローン飛ばすときは必ず連絡してください」

とさまざまな問い合わせがある。

個人的な知り合いから、ユーチューバーから、マスメディアから、野口さんを通して大学との連携依頼などもあった。でも断るしかなかった。かたくなに閉じこもったわけではない。昔の景色を見る権利をわたしだけが持っているわけでもない。みんなにも見てほしい、仲間を増やしたいという気持ちは強い。でも、それがわたしの本心なのか、限りなくわからないのだ。だいたいわたしにつながっていないと景色は見られない。(つながることがコツという情報は漏れていた。現代は何も隠せはしない)

でもどうしたらいい。わたしがコントロールできることじゃない。

それに、わたし自身が過去へ戻ってみることは、いますこしやめていた。

幕末から昭和の景色へ移ったあと、さらに違う景色が現れたことがあった。

それは空襲の場面だった。

家が火に巻かれていた。家族が逃げ惑っていた。死にゆくたくさんの人たちがいた。

神の目で見るわたし。そんな権利、どこにある。

その思いに勝つことができず、しばらくやめていたのだ。

でも史実は空想じゃない。何を見ようと、実際にあった事実だ。わたしがどうこうすることではない。

あらためて、そう思い直していたところ社長が、伊東祐亨という名をわたしに思い出させたのである。

塾にレストランを作ろうなんて、幕末激動の箸休めであっただろう。でも彼らが抱いた夢の行方を追ってみたい。上田先生がはじき出した座標に従って飛べば、あの場面にたどり着けるかもしれない。だって計算したのは、スーパーコンピュータ『富岳』なのだ。

一回だけ試してみたい、と野口さんに連絡した。野口さんは意図を理解してくれ、こっそり神戸にやって来た。片手サイズの、音も静かなドローンを持ってきてくれた。全長二十センチほどの小さな機体だけれど、一メートルくらいの腕が伸びていて先にマイクがついている。

「マイクロフォーン・ドローンだよ。被災地などで映像と音声を集めるときに飛ばす。プロペラ音が静かなんだ。二十メートル以内に近づけば音を拾える」

それで、飛ばしたのである。

ドローンは静かに舞い上がった。風はなかった。雲もない。

モニタ画面には現代の景色が流れている。マジックタイムになれば、昔の景色が映し出される。

どの時代のどの景色が映し出されるか、何も予想できない。

わたしは景色が変わる瞬間が来るかと画面に集中した。

とそのとき、わたしの肩に誰かの手が触れた。

振り返ってみれば、ツムギではないか。

「なにをこそっとやってんのよ。仲間はずれはあかんでしょ、友情こわす気？」

「いや、それは」

と答えながら、わたしは目を見張った。

ツムギにも人がつながっている。

社長だった。そして社長にもまたつながっている。

「田中部長……」

そのうしろ、そのまたうしろ、そしてそのまたうしろ。

十人、二十人？　どう忍び寄ってきたのか不明だったが、みんな気づかれたとわかったのか忍び足をやめて寄ってきた。群衆の向こうには車が駐まった。天井にアンテナがついている。放送局クルーらしき人たち。カメラをかついで降りてきた。

まいったなあ。

野口さんも面食らった顔をしていたが、プロポはしっかり握っていた。ドローンは空に高い。観客たちは空を見上げている。

野口さんはドローンを気流に乗せ、市街地上空を広く旋回した。

段取りがわからない観客、どこへ行くのか、とざわついた。

わたしはモニタをにらんでいた。とそのとき、カメラはひとつの景色を映し出した。

「これは、どこ」

ツムギも寄り添ってくる。

「劇場かな。すごい人だかり」

「昔の新開地とちがう?」

「時代は昭和か」

洋装が多い。昭和だろうけれど、戦後だろうか。

眺めていた。

と、人いきれの中に、ひとりの女性が認められた。なんだろう。存在感が違う。

そしてわたしはその人に呼ばれている。そういうオーラを感じるのだ。

「野口さん、この人に寄ってください」

カメラは女性の全身をとらえた。

萌葱色のスーツ、ハイヒール、太いリボンがついたキャペリン帽。

表情にさらにズームしてみれば、ていねいな化粧。そして彼女はまっすぐ、こちらを見ているのがわかった。まるでカメラの存在を意識しているかのように。

まちがいない。あやばあちゃんだ。新谷綾子だ。

彼女は無言で立っているだけのようだが、マイクは歓声を拾った。人たちが一斉に声をあげたようだ。

野口さんは全景が見えるようにカメラをズームアウトさせる。

劇場前の人だかりが割れ、真ん中に花道ができていた。そしてそこに、ひとりの少女が登場していた。

時代劇の姫役を演じていたのだろうか、和髪にあでやかな振袖。

少女は花道を歩きはじめた。ドローンは寄る。カメラもズームイン。

まれなる美少女だ。観衆は遠巻きだが、息をのんでいるのもわかる。

花道の先に綾子がいる。

少女は花道を歩いた。そして綾子の隣に立つと腕を絡ませたのだった。

ふたりは劇場へ戻りはじめた。

いったいこれは……


「聚楽館だよ」

社長だった。わたしの腕に触れながらモニタをのぞき込んでいる。

疑問はあったが、社長と話してみることにした。画面を見ながら訊ねた。

「これが聚楽館ですか。新開地いちばんの劇場だったと聞いたことがあります」

「壮大な近代建築の劇場でね、三層吹き抜けの大スクリーンと舞台、高級椅子席にお茶子が座布団を運ぶ一等席もあったし、最上階はスケート場だった。窓から神戸の景色がすごかった。バーや大食堂もあって、上等気分の社交場でしたよ」

「へえ、さすがよくご存じで」

「それなりに歳くっているからね。それより、この少女」

社長は画面を指した。

「美空ヒバリだよ。十二〜三歳くらいじゃないか。いやあ、きれいだねえ」

美空ヒバリ。日本の芸能史上最大のスターだ。

画面越しでさえ伝わるオーラ。人々は近寄るのをためらい、遠巻きに固まっている。

劇場の絵看板に芝居の演目が見えた。

— 連鎖劇　幕末動乱のおんな　主演　美空ヒバリ

終演後の挨拶なのか、劇場から役者たちが衣装姿のまま出てきた。

青いだんだら羽織は新撰組だ。徳川、薩摩、長州藩の紋どころも見える。ちょんまげ頭にざんばら髪、商人、町人、町娘、町方、篭《かご》担ぎ……。

その中央に美空ヒバリが立った。子役並みの身長だが、オーラをまとう笑みは焔《ほのお》に似る気がする。

さいごに浪士がひとり出てきた。髷はない。長いくせ毛を後ろで結わっている。坂本竜馬を演じる役者らしい。幕末の物語に、この役どころは欠かせない。

総勢三十名ほど、一列に並んだ。

ヒバリは中央。左右に軽く視線を流してから真正面を向いた。

両腕を拡げて声を張った。

「みなみなさま、ほんじつは、まことにありがとうございました。役者一同、これからもしょうじんを重ね、芸に磨きをかけぬく所存でございます。なにとぞ、これからもご愛顧のほど、よろしく、おねがいもうしあげます」

役者一同、頭を下げ声援に包まれながら、順に劇場へ戻っていった。

美空ヒバリと坂本竜馬役ふたりが残った。

観衆はまだ声援を送っているが、このふたり、ドローンを見ているような気がする。

わたしは見入る。と竜馬役の人が目を細めカメラをのぞき込んだ。

わたしはわかった。これは、本物の、坂本竜馬だ。

そこへ綾子が来た。竜馬と腕を組んだ。

え～

なんで?

わたしの疑問など、おかまいなし。竜馬と綾子はカメラに向かい、まっすぐ、わたしに深くうなずいたのである。


社長は感慨深げだ。

「少女の美空ヒバリとはねえ。とんでもない美少女って伝説があるけれど、まさに伝説通りだな、おそろしいほどに」

社長はひとり言のようにも言った。わたしに訊ねたわけでもなかったのだろうが、

「隣にいる素敵な女性は誰だろうね。芸能関係の人でもない感じだけど」

わたしは知っている。芸能関係だったのかどうか、まるで不明だけれど。

そして坂本竜馬だ。

本物の竜馬が時を超え、美空ヒバリの舞台に出ている。


わからないことだらけ。

でも、わからないことはわからないままでいい。

わたしは笑いをこらえた。こらえきれない。笑いが漏れそうになる。

「どうしたんだ？」

社長はいぶかしがったが、説明したくもない。

三人は劇場へ消えたが、その景色に向かい、わたしは誓った。

竜馬さん、あやばあちゃん、
メッセージは受け取りました。
すてきな歴史をありがとう。
未来はわたしが作ります。

社長は不審な顔のままだったが、その目は笑っていた。

それでわたしも美空ヒバリにならい、オーラをまとった笑みを返してあげたのであった。

謝辞

ていねいに原稿を読んでいただいた司馬遼太郎財団、ネット検索ではたどり着けない資料を探し出していただいた神戸市中央図書館、広島県図書館、そしてドローンの最新動向をご教授いただいた野口克也さん（キャラになって登場）に深く感謝いたします。なお、最終的に物語化した文章に理解不足の点があれば、それは筆者の責任です。

参考文献

「竜馬がゆく」　司馬遼太郎　文春文庫
「氷川清話」　勝海舟伝　勝部真長編
「幕末京都」　歴史群像シリーズ　学研
「一外交官の見た明治維新」　アーネスト・サトウ
「忠海案内」　忠海商工会
「維新土佐勤王史」　瑞山会著
「日本の名刀」　杉浦良幸　監修　ＫＫベストセラーズ
「新撰組顛末記」　永倉新八
「にんげん蚤の市」　高峰秀子　新潮文庫
「海鳴りやまず」　神戸新聞社編
「私たちの昭和史」　神戸新聞社編
「神戸ものがたり」　陳舜臣
「神戸新開地物語」　のじぎく文庫編
「神戸と映画」　板倉史昭編著　神戸新聞総合出版センター
「神戸居留地の3／4世紀」　神木哲夫・崎山昌廣編著　のじぎく文庫

「神戸市電物語」　神戸新聞社会部編
「神戸と洋食」　江弘毅　神戸新聞総合出版センター
「泉州玉葱と坂口平三郎」　南野純子著　個人出版
「神戸市文化芸術推推進ビジョン議事」　２０２０

松宮さんの「わがまち神戸」の時空。

江　弘毅（編集者／神戸松蔭女子学院大学教授）

松宮宏さんと新長田にある「本町筋商店街」でお会いしたことがある。
新長田は神戸市長田区の南部エリアであり、ＪＲ神戸線の新長田駅から神戸市営地下鉄駒ヶ林駅あたりにかけてが街的には中心地だ。

本町筋商店街のあるこの地域は、お好み焼き店密集地として神戸近辺ではよく知られている。知らない方は「長田　お好み焼き」とＧｏｏｇｌｅで検索すれば、「長田の人気お好み焼きランキング20」などというウェブサイトやページが大量に引っかかり、お好み焼きの店がプロットされた地図も見られる。地元メディアによる「お好み焼き店密集日本一地区」いったコンテンツも多い。

このエリアの面白いところは、そのお好み焼き（地ソースも有名だ）に加え、焼肉・コリアン料理（新長田は在日コリアンの街でもある）の街だ。またここ数年では近辺のベトナム人のコミュニティとして機能するベトナム料理店が増えてきた。ひっきりなしにおばちゃんの自転車が通るアーケード商店街には市場もあって、地元明石海峡の新鮮な魚介が並ぶ魚屋や神戸牛のヒレ肉からホルモンまで扱う精肉店が並ぶ。ここでは銭湯も健在だ。

言うなれば、エキゾチックなスパイスが効いている「ミナト神戸の下町性」が圧縮されているような土地柄だ。大阪や京都は、商店街や市場が多く点在する街で、そういうエリアはほぼ下町であるが、長い間街を取材していて思うことは、同じ下町でも神戸の新長田に似ている街はないということだ。

松宮さんの「さすらいのマイナンバー」「まぼろしのお好み焼きソース」の2つの名作は、そんな新長田ならではな下町的人々＝地元のスターが繰り広げるあれやこれやを深くまっすぐにとらえている。その新長田で松宮さんとお会いして、新長田ジモティともどもホルモン・焼肉を食べたのだが、ここが松宮さんにとっての「地元の神戸」だというのがひしひしと感じた。

さて今回の『竜馬ときらり』は、小説の時空は「幕末維新」であり、慶応三年（１８６８）の開港がまちの性格を決定づけた「神戸」である。この神戸はエリア的には現在の三宮～元町であるが、「神戸の開港」が、先述の新長田や新開地（兵庫区）、須磨（須磨区）、塩屋（垂水区）、そして東どなりの灘区や六甲アイランドの東灘区などなど、以後のこれら周辺のまちに大きな影響を与え、それぞれの街をがらりと変えた。その「神戸」が言うなれば「大文字の神戸」であり、松宮さんが今回のこの作品で果敢に挑戦しているのがそこだ。

ミナト神戸は、まず飛鳥～奈良時代に難波津の西の外港として開かれた。これが大輪田泊であり、のちに平清盛の福原京と日宋貿易の拠点となった。鎌倉時代以降は兵庫津と呼ばれるようになり、室町時代には勘合貿易の明船が出入りした。江戸幕府の長い鎖国を経てその国際港でもあった兵庫津が再び外国に向けて開港する。2回目の開港と言っていいだろう。ペリーの黒船が浦賀にやってきた嘉永六年（１８５３）の5年後、幕府は安政五カ国条約を結んだ。神奈川・長崎・新潟・箱館とともに新たに欧米諸国に開港させられる約束だったのであるが、兵庫ではなく実際はその東の神戸村がその開港地になった。

その開港の際に外国人居留地が開かれた。東西でいうと現在、神戸市役所があるフラワーロードから大丸の西側まで。南北は三宮神社がある西国街道から神戸港となる海岸線までのエリアだ。時は１８６８年1月1日（慶応三年十二月七日）。その2日後に王政復古の大号令が発せられている、幕末から明治期に突入する真っ最中である。この舞台がまさに「ミナト神戸」の「ひと・もの・こと」の中枢であり、今作品の『竜馬ときらり』のほとんどのロケーションである。

主人公の新谷きらりの曾祖母は、十年後にその神戸港となる《生田の磯》に「船蓼場」をつくった網屋吉兵衛の曾孫に嫁いだ女性である。この主人公の先祖が幕末に開いた船蓼場に勝海舟が注目、文久三年（１８６３）に海軍操練所を開設することを将軍・徳川家茂に願い出て許可される。海舟による神戸海軍操練所は幕末の動乱のまっただなかを象徴するようにわずか一年足らずで閉鎖されるが、松宮さんが「神戸がミナトになった最初の時代に、坂本竜馬がいたことを、書いてみよう」と「はじめに」で記している。そして「若い世代にも、司馬作品の素晴らしさを、いまもう一度、伝えることができるのではないか」と司馬遼太郎さんに尊敬の念でふれている。

神戸っ子の作家・陳舜臣さんは、司馬さんと親しかったことが知られているが、陳さんは『神戸ものがたり』（平凡社ライブラリー／１９９８年）で、「神戸の町はいつ生まれたのであろう?」と自問し、「制度の上ではなく、実質的な誕生を考えるなら、筆者はそれを、『海軍操練所』が設置されたとき、としたい」（ｐ31）と「わがまち」について明快に書いている。加えて「海軍操練所の塾生は、幕臣、諸藩の家臣問わずに採用した。総管が勝海舟で、塾頭が坂本竜馬だった。海舟四十二、竜馬二十九の年である。

海舟は江戸っ子だし、竜馬は土佐人だが、この二人を近代神戸人の祖とみてよいだろう」とまで踏み込んで書いていて、とても興味深い。

松宮さんはこの「神戸の始まり」から「現在」までを司馬遼太郎、陳舜臣という偉大な先人に伍して、この作品で一気に書こうとした。「ソーシャル・フィクション」という書き方だ、と作者は述べているが、丹念な文献の渉猟のみならず、タイムマシン・ドローンを登場させたりして、見事に「神戸の時空を圧縮」してみせた。その圧縮はまるでＰＣでの「ファイルの圧縮」であり、記録されている情報を失わずに、ファイルのデータサイズを小さくすることに成功している。

　ある街の歴史にかかわることは、その街での実生活の一つに違いないのだが、その時空が伸びたり縮んだり撓んだりすることを楽しめるかどうかで「生活の質」のようなものが決まってくるのではないか。神戸というたぐいまれな港町を描いたこの作品はその好個の例である。

松宮　宏（まつみや　ひろし）
大阪市出身　2000年度「こいわらい」にてファンタジー小説大賞ファイナリスト、ＮＨＫでもドラマ化。著作「まぼろしのパン屋」「さくらんぼ同盟」「アンフォゲッタブル」「万延元年のニンジャ茶漬け」など。

竜馬《りょうま》ときらり

2023年４月10日　初版第１刷発行

著者　松宮《まつみや》　宏《ひろし》
編集　のじぎく文庫
発行者　金元昌弘
発売所　神戸新聞総合出版センター
〒650-0044　神戸市中央区東川崎町1-5-7
TEL 078-362-7140　FAX 078-361-7552
https://kobe-yomitai.jp/

ISBN978-4-343-01191-6 C0093